Mousa

Varats mysterium

BO LUNDBERG

Mousa
Varats mysterium

Mousa
© 2023 Bo Lundberg
Omslag, Bilder och Formgivning av Författaren
Typsnitt: Gentium Book Plus
Förlag: BoD – Books on Demand, Stockholm, Sverige
Tryck: BoD – Books on Demand, Norderstedt, Tyskland
Detta verk är skyddat av upphovsrättslagen
All kopiering är förbjuden
Alla namn, karaktärer, platser och händelser är fiktiva. Alla
likheter med faktiska händelser, platser eller personer, levande
eller döda, är helt slumpmässiga.
ISBN: 978-91-8057-526-3

"Den är ingen filosof som inte diktar och målar;
därför säger man inte utan skäl att förstå är att
skåda fantasigestalter och förståelse är fantasi".

Giordano Bruno
1548 – 1600

Ordförklaringar

A2-anemi En hittills obotlig blodsjukdom som blir ett resultat av långvarig vistelse i tyngdlöst tillstånd eller låggravitation. En form av hemolytisk anemi där immunsystemet ger sig på erytrocyterna, med resultatet att dessa dör en för tidig död. Inledande symptom är trötthet, hjärtklappning och yrsel. Från det att symtomen ger sig till känna är genomsnittlig levnadstid mindre än fem år. Efter hand som erytrocyternas livslängd minskar får den drabbade allt svårare blodbrist, vilket leder till nedbrytning av skelett och inre organ.

Biosfären Där energi blir till liv

Cakra Hjul (sanskrit)

CAPPROC Capture and Processing

Euthymia Själsro; undvikande av distraherande känslor. Ett tillstånd som föreskrevs av både Demokritos och Epikuros. (Grekiskt urspung Ευθυμια)

Halvor Ett VR format som fått namnet då det reducerade både skala och upplösning med femtio procent.

INFREG Information and Registry

MIT Massachusetts Institute of Technology

Semiosfären Där något blir till någon. (Ursprung: Jesper Hoffmayer *Livstecken* Bonnier Alba 1997)

SEMILAB Semiology Laboratory

Prolog

Påskafton 2075 stod följande att läsa i The New York Times. Mycket få människor kände till sambandet mellan dessa båda notiser.

"Supertung rymdpartikel orsakade kaos.

'Vi har ännu inte omfattningen klar för oss, men så mycket vet vi att experimentets huvudsyfte gått förlorat.' säger Professor William Huxley chef för MIT:s Semilabb och ledare för det aktuella projektet. Enligt Huxley är den här typen av strålning mycket ovanlig och svår att värja sig mot.

Arbetsgruppen bakom ett experiment som tagit mer än två år att förbereda, får nu börja om från början.
Hela projektet är omgivet av en viss sek-

retess och dess syfte anges bara vagt som: 'Klarläggande av vissa biologiska processer'.

Boston Reuters."

"Berömd forskare död.
Den kände författaren och biosemiotikprofessorn Mousa Ringmark avled under gårdagen på ett sjukhem i Cambridge (Mass) efter en längre tids sjukdom.
Professor Ringmark nådde ryktbarhet när han 2047 gav ut boken Euthymia, som gav upphov till en våldsam debatt om förhållandet mellan Gud och vetenskapen, en debatt som han själv dock envist avböjde att delta i.

Professor Ringmark föddes den 14:e april 1995 i Köpenhamn och var enda barnet i en diplomatfamilj där fadern kom från Turkiet och modern från England.
Han disputerade 2023 vid Cambridge University på en avhandling som genast gjorde honom känd som pionjär inom biosemiotiken.

Efter studierna arbetade han vid EU-högkvarteret i Bryssel där han lade grunden till en helt ny syn på kulturell integration.

2027 kom Ringmark till NASA där han bland annat genomförde banbrytande fältstudier på Cakra.

2035 blev han chef för NASA:s då nystartade center för humaniora i Washington, där han kom att stanna till sin pension.

Professor Ringmarks arbete kom att få en närmast oöverskådlig inverkan på det som vi nu kallar den stora förskjutningen från biologi till information.

Ringmark var en av dem som genom sitt vetenskapliga arbete lyckades bli känd långt utanför den akademiska världen. Det väckte därför en viss uppmärksamhet när han 2050 beslutade sig för att lämna vetenskapen och bosätta sig i södra Kalifornien där han fram till sin död levde ett tillbakadraget liv.

Professor Ringmark blev 80 år gammal.

Susan Walding/New York Times"

ETT

E fter landningen i Boston möttes vi av ett strilande iskallt regn. Det uppstod givetvis problem när de opraktiska och oerfarna akademikerna skulle stuva in rullstolen i bilen, jag frös och blev irriterad. Att det var mitt eget fel gjorde det bara värre. När de tre personerna som skulle eskortera och assistera mig under resan anlänt till mitt hus, hade jag redan från början inte kunnat uppbringa det minsta engagemang för denna resa, i själva verket önskade jag det hela ogjort. Som ett resultat av mitt bristande intresse, men också min tvehågsna attityd, var jag nu klädd för södra Kalifornien och inte för ett iskallt Boston. Nu ångrade jag att jag inte följt min ursprungliga avsikt, att resa i min gamla bruna skinnjacka. Det var ett gammalt minne av Bill som fått mig att plocka fram min MC-jacka, men när jag såg min eskort i sin strikta uniformering förkastade jag genast tanken på jackan, med resultatet att

4

jag nu satt i min kavaj och frös. Inledningen på denna unika vistelse i Cambridge kunde inte ha börjat sämre, våt, frusen och på dåligt humör, och detta redan innan vi lämnat flygplatsen.

På väg upp mot Cambridge försökte jag förgäves känna igen mig genom det kalejdoskopiska glitter den regnvåta bilrutan erbjöd, även om staden föreföll mig helt obekant väcktes likväl genast minnen till liv, minnen från förra gången jag anlände till Boston. Bara vetskapen om att vara tillbaka räckte mer än väl, men nu stod med ens minnet av den gången så tydligt fram, trots den långa tid som gått sedan dess, hur överrumplad jag blivit. Först var det uppståndelsen som min ankomst förorsakade och senare insikten att jag uppenbarligen var en omtalad person vid MIT. En gästföreläsare med erfarenhet av rymdvistelse, något vid den tiden fortfarande ovanligt, och med en föreläsningsserie i extraterrest semiotik, något mycket nytt och i det närmaste okänt för de flesta, var tydligen något som gett eko i Cambridge. När jag nu insåg att det måste ha gått mer än fyrtio år sen dess föreföll det inte så underligt att omgivningen kändes obekant.

När vi så småningom kom in i Cambridge blev omgivningarna mer välbekanta och det gick inte längre att hålla tillbaka alla de känslor som väckts redan vid tanken på denna resa, långt innan den tagit sin början, mina den gången stora men så bittert grusade förhoppningar. Nu kom alla tankarna tillbaka på det, eller rättare sagt på den, som var den egentliga orsaken till att jag accepterat erbjudandet från MIT. För ett ögonblick tyckte jag mig känna Sandras hand vilande ovanpå min där vi färdades fram en underbar solig höstdag.

Var det verkligen så vackert väder den dagen? Tvivel bröt förtrollningen, men den starka känslan hade blivit för mycket, mitt hjärta bultade allt hårdare. Efter alla dessa år hade ingenting förändrats! Denna kärlek, den är outplånlig, den kommer att följa mig i döden! Helt omtumlad av det plötsliga känslosvallet kände jag hur yrseln fick grepp om mig, krampaktigt tog jag tag i stolen framför mig.

" Hur är det fatt?" Undrade sköterskan som satt bredvid mig.

" Nej, det är inget... Lite ovan vid bilåkning bara", lyckades jag frånvarande klämma fram medan mina tankar var kvar i taxin fyrtio år tidigare.

Minnet av Sandra, där hon satt tätt intill mig, framträdde nu så skrämmande klart, det var som om det hänt igår. Rak i ryggen med blicken fäst på någon imaginär punkt framför oss, satt hon med armarna tätt intill kroppen vilande sina båda händer i skötet, där de omslöt min högerhand i en närmast skyddande omfamning. Allt detta blev för mig då till en bekräftelse att hon förstod hur mycket detta betydde för mig. I denna enda fysiska beröring lyckades hon förmedla en mycket stark närvaro som stod i bjärt kontrast till hennes i övrigt så spända hållning. I det ögonblicket kändes det som om vi just träffats, trots att vi levt ihop mer än två år, men det var ju i stort sett bara virtuellt, nu skulle allt bli så annorlunda, nu skulle vi äntligen få lov att vara tillsammans och dela livet med varandra!

Men allt hade inte blivit annorlunda när jag väl flyttat in hos henne, den omvälvande förändringen som jag sett framför mig uteblev. Jag var helt oförberedd och oförstående, varför? När jag nu äntligen fick bo tillsammans med Sandra som jag älskade, verkligen älskade, inte kunde få nog av, men ändå? Allt var ju som tidigare! Jag kunde inte dölja min besvikelse. Om det bara berodde på mig eller om hon upplevde det på samma sätt lyckades jag aldrig reda ut, men besvikelsen över misslyckandet blev uppenbarligen ömsesidig.

Det hade tagit mig flera år att komma över det misslyckandet, komma över! Här satt jag nu åttio år gammal och skakade vid tanken på henne! Att jag skulle behöva uppleva dessa romantiska känslosvall just nu, spädde ytterligare på min upprördhet. Otaliga gånger hade jag i tankarna gått igenom resan, denna mycket speciella resa hit från Kalifornien, men det som då upptagit mina tankar var att det skulle bli min sista resa, kanske var det därför jag nu blev så konfys, upptagen av resans syfte hade jag då aldrig förknippat min återvändo till Cambridge med Sandra.

Jag lyckades varva ner något, men redan på dåligt humör blev nu dessa minnen som lök på laxen och jag

7

kunde inte undvika den sardoniska tanken att de två taxiresorna från Logan till Cambridge under mitt liv hade ett gemensamt: De var båda början till slutet, den första på kärleken och den andra på livet. Jag väcktes ur mina grubblerier av att bilen stannade och en av följeslagarna meddelade att vi var framme. Efter att ha kommit ur bilen och ner i rullstolen tog det en stund innan jag upptäckte huset. Första intrycket gjorde mig besviken, den nya fasaden och alla parabolerna gav ett helt annat intryck än det jag förväntat mig och det blev inte bättre när de rullade in mig i ett totalt sterilt entréutrymme, där trappan och allt det andra jag mindes var borta, nu ersatt av tre kala grågröna väggar och en stor rostfri hissdörr. Den långa resan, upplevelsen i taxin och nu denna besvikelse! Den starka rädslan inför det jag gett mig in i tog överhanden och jag förlorade helt kontrollen över mig själv, när hissdörren öppnades på andra våningen tyckte jag mig för ett ögonblick vara tillbaka i barndomshemmet i Köpenhamn. Genom en väldig kraftsamling lyckades jag återfå en viss kontroll, men det hela hade bara blivit för mycket på alltför kort tid. Jag kände nu hur utmattningen spred sig till alla delar av kroppen och bad att få bli lämnad ensam, en begäran som ressällskapet, anestesisköterskan och de två doktoranderna, genast och respektfullt effektuerade. I sista stund kom jag att tänka på Bill som nog redan var på väg för att hälsa mig välkommen, jag kallade tillbaka en av de unga männen och bad honom skjuta upp alla aktiviteter till nästa dag.

Ovan vid ständig uppvaktning, den långa och mot slutet så jobbiga resan, tidsskillnaden och detta hus som så starkt fick mig att tänka på min barndom, allt gjorde att alla mina redan nu ganska knappa krafter var uttömda. Förvirrad och oförmögen att samla tankarna tog jag mig upp ur rullstolen och sjönk ner i rummets enda fåtölj där jag totalt utmattad genast somnade.

*

Inför alla de människor som hela tiden passerar framför bänken kämpar jag för att hålla tillbaka tårarna. Flera gånger försöker jag resa mig för att finna en mer avskild bänk, men någonting hindrar mig och jag blir sittande. Mitt hjärta bultar så våldsamt att jag är övertygad om att alla som går förbi kan se det.

Hur kan han? Min egen far, jag känner inte min far, har aldrig lärt känna honom, insikten träffar mig rent fysiskt som ett hårt slag.

Jag reste mig upp i sängen med ett ryck, för att i nästa ögonblick känna hur svetten bröt ut över hela kroppen. Jag visste inte hur länge jag drömt, tittade på klockan, den var två på natten, när hade jag lagt mig? Jag hade inte en aning om varken när eller hur jag kommit i säng. Jag kom ihåg reaktionen tidigare under dagen och förstod att den var orsaken till denna obehagliga dröm. En dröm om händelser mer än sextio år tillbaka, det måste vara mycket länge sedan jag sist tänkte på detta. När nu minnen från denna avgörande tid under min uppväxt vaknat till liv gick det inte att somna om, istället blev det till ett timslångt tragglande.

Det var i sällskap med några av mina skolkamrater som det hände, vi var alla på väg mot Rådhuspladsen för att ta bussen hem. Utan att efteråt riktigt veta varför ändrade jag mig under vägen och bestämde mig för att först gå till biblioteket på Krystalgade och sedan därifrån hem.

Det var i Yorks Passage, där den vidgar sig, de stod och omfamnade varandra. Jag vände tvärt och gick ut samma väg jag kommit. De kan inte ha varit i mitt blickfång mer än några sekunder, men det räckte för att bränna fast bilden i minnet, gång på gång såg jag dem framför mig, in i minsta detalj. Det var en lång slank danska, — Jag förvånades över hur jag kunde veta att hon var danska, men jag bara visste. — huvudet längre än pappa, klädd i vinröda höga stövlar med en klack som gjorde henne ännu längre, en kort kappa i samma färg och till det en blänkande olivgrön axelväska. Ett par stora guldörhängen och ett blonderat hår inramade det ansikte som försvann in i deras täta omfamning. I kontrast till pappas sobra engelska klädsel gav kvinnan ett närmast vulgärt intryck, något som ytterligare förstärktes i mina ögon.

Naturligtvis visste jag att sådant förekom, många skolkamrater tycktes leva i familjeförhållanden där otrohet och skilsmässa hörde till vardagen, men att så helt oförberedd konfronteras med synen av min egen pappa tillsammans med en annan kvinna blev traumatisk, så till den grad att jag efteråt inte hade en aning om hur jag kommit dit eller hur lång tid som förflutit när jag plötsligt väcktes till liv av trafikbruset vid Nörreport. Det var som om jag sovit, det kändes skrämmande, jag skulle ju till biblioteket! Nu hade jag ingen lust att vända om, istället gick jag hemåt. För varje steg jag tog ökade oron inom mig och när jag nådde Gothersgade och skulle vända hemåt blev jag stående, som förlamad. Tillståndet fick rädslan att tillta och i panik flydde jag rätt ut i gatan, mot rött ljus, ut bland bilarna på Nörre Voldgade, diagonalade den sista biten över Gothersgade och in i Botanisk Have, där sjönk jag ner på en bänk med bultande hjärta och mycket nära gråten.

Hur kunde han? Min egen far. Det var med stor smärta jag tvingades erkänna att jag inte kände honom. Det var som om min pappa förvandlats till en främling där i passagen. Den, till det yttre så distingerade och alltid korrekte diplomaten, men som i efter hand när jag tänker på honom, i mina ögon aldrig blev till annat än en mycket mörk, satt och lite nervös köpman. Med sin muslimska tro hade han egentligen alltid varit något främmande för mig, men på barns vis var detta något jag accepterade som självklart, även när jag så småningom uppnådde skolåldern och kunde konstatera att det fanns andra slags pappor ifrågasatte jag aldrig min egen pappa — inte förrän nu.

Efter vad som föreföll vara endast några minuter hördes slagen av en avlägsen klocka, det fick mig att vakna till, titta på min egen klocka och inse att jag suttit där på bänken mer än en timme. Fylld av obehag och rädsla reste jag mig och började gå hemåt.

Nästa morgon vaknade jag upp och upplevde åter en minneslucka likt den dagen innan, jag kunde inte minnas hur jag kommit hem eller vad som hänt under kvällen, tiden från det att jag lämnade bänken i Botanisk Have fram till uppvaknandet på morgonen var som ett blankt papper. Oroligt slog jag mig ner vid frukostbordet, som väl var syntes pappa inte till och när mamma uppförde sig som vanligt drog jag slutsatsen att ingen hade märkt något.

Veckorna efter händelsen i passagen funderade jag mycket på vad det var som fick mig att ändra planer och vända in i passagen just då. Om jag bara inte valt den vägen hade jag sluppit att se dem, men då hade jag heller inte vetat något om... Det var med kluvna känslor jag tänkte på detta. Vid två tillfällen väcktes jag av en mardröm där de tre kamraterna beslöt sig att göra mig sällskap till biblioteket. I deras sällskap gick det inte att tvärvända när jag fick syn på min far, istället blev jag tvungen att passera det omslingrade paret på mindre än en meters avstånd och i hopp om att kamraterna inte kände igen honom låtsas som ingenting. Genom något som närmast kunde liknas vid mental lindans lyckades jag på en gång uppvisa ett engagerat uttryck, prata på och med blicken försöka fånga kamraternas uppmärksamhet, men just som jag passerade min far förlorade jag balansen och det svartnade för ögonen — det var alltid i det ögonblicket jag vaknade ur drömmen och kände hur svetten klibbade mot lakanet.

Efter hand som tiden gick och det blev lättare att tänka på det som hänt blev jag medveten om hur lite jag visste om min far. Det bestående minnet av pappa under barnaåren präglades mest av stor respekt, men hans auktoritet var absolut inte despotisk, jag kunde aldrig minnas att han förbjudit mig något, tvärtom mindes jag honom som den som alltid, utan frågor, gav mig de pengar jag bad om. Pengar som jag sen måste spendera under strikt uppsikt från mamma, det var alltid hon som satte gränser och sade nej. Med ens stod det klart hur lite intresse min pappa visat mig under uppväxten. Nu framstod bilden av en far inte bara utan frågor men tillsynes utan intresse.

Jag undvek all kontakt, tanken att konfronteras med honom väckte ett starkt obehag. Det var behovet av pengar som till slut drev mig att vända mig till honom. Jag hade gjort av med månadens tillgångar redan första helgen på en konsert på Vega. Enda sättet att hålla mamma ovetande var att be pappa om extra tillskott. Jag tog mod till sig och knackade på dörren till

13

hans arbetsrum. En stark förnimmelse av något obekant träffade mig i samma stund jag öppnade dörren, det var inte bara min far, hela rummet verkade annorlunda. Det var som om det var första gången jag såg detta rum — det stora mörka skrivbordet med sin spegelblanka valnötsskiva och sitt pedantiskt tillrättalagda innehåll, den sirliga bokhyllan med sina spröjsade spegeldörrar och den nästan heltäckande orientmattan. Allt detta som alltid funnits där, men som jag först nu verkade se och då uppfatta som pompöst och sterilt, trots all orientalisk ornamentik. Ja, till och med cigarrdoften föreföll annorlunda, frän och besk. När pappa lyfte på huvudet och mötte min blick greps jag av en känsla att vara genomskådad — avslöjad! En känsla så stark att jag för ett ögonblick kände mig helt förlamad.

"Kan jag hjälpa dig med något," frågade han.

"Va... Nej, jo jag skulle behöva pengar till en bok", fick jag fram med, som jag tyckte, mycket ansträngd röst.

"Vadå för en bok?"

"Jo, jag måste skriva om en författare i skolan och skulle vilja läsa om honom, men hittade inget på biblioteket".

"Vem är det du skriver om?"

"Zola". Historien om Zola var sann i alla delar utom det med bokköpet. En liten och oskadlig nödlögn intalade jag mig.

"Fransmannen, var det inte honom de kallade romankonstens dödgrävare? Varför just Zola?"

"Fick honom i uppgift av läraren".

"Vad tycker du om honom, Zola menar jag?"

"Vet inte, har bara läst ett kort utdrag".

"Jaha, och hur mycket behöver du?"

"Tvåhundra". Jag fick mina pengar och kunde lättad lämna rummet. Pappa hade uppträtt precis som vanligt och tillsynes inte ens lagt märke till min inledande nervositet, detta övertygade mig om att jag inte blivit sedd i passagen.

Jag nämnde aldrig något där hemma om händelsen i Yorks passage, men därefter var det som om föräldrarnas beteende fick en ny innebörd. Deras vardagliga attityder gentemot varandra som jag dittills upplevt som normala fylldes nu i mina ögon med distans, och jag började fråga mig vad som egentligen höll samman vår familj. Till en början kände jag mig säker på att mamma var ovetande om pappas aktiviteter, hennes till synes orubbliga lugn gjorde tanken på att hon skulle veta, eller ens misstänka, omöjlig, men min nyväckta medvetenhet gjorde mig nu känslig för de mest subtila stämningar i hemmet. Det började med att jag tyckte mig se en skiftning i hennes anletsdrag när vi oförmodat stötte på varandra. Till en början ville jag tillskriva det inbillning och överkänslighet, men misstänksamheten tog överhanden och halvt omedvetet började jag överraska henne för att iaktta hennes reaktion. Efter några veckor kände jag mig övertygad, hon visste! Dessa sorgsna anletsdrag och den fåfänga

15

ansträngningen att omärkligt byta anletsdrag när jag kom in.

Tonåringen inom mig drog snabbt slutsatsen att hon trodde hon kunde lura mig, och efter ytterligare grubblande att hon inte ansåg mig mogen förtroendet. Vi som alltid stått varann så nära och kunnat prata om allt! Djupt sårad flydde jag hemmet och höll mig borta så mycket som möjligt. Nu började jag tillbringa kvällarna på de musikställen där jag blev insläppt. En sen kväll kände jag mig mer rådvill än någonsin och ville inte gå hem. Efter att ensam strövat omkring några timmar i centrum, drev kylan mig in på Hovedbanegården där jag köpte en pizza på en av snabbarerna. Bilden av mamma som klev in i mitt rum nästa morgon halv sju för att väcka mig dök upp, åt helvete med dem! Jag tänker inte återvända hem! Det var tidig morgon när jag stelfrusen vaknade på den parkbänk där jag slutligen uttröttad hade somnat. Jag tittade på klockan, om tjugo minuter skulle mamma öppna dörren till mitt rum och upptäcka att jag inte var där! Jag fick fram min telefon, och ringde hem.

"Hej, jag har sovit över hos en skolkompis och åker direkt härifrån till skolan", sade jag snabbt när hon lyfte luren.

"Va, är det du Mousa jag hör dig knappt", svarade hon med nyvaken och överraskad stämma.

"Vem är du hos," frågade hon.

"Hos Erik", ljög jag.

16

"Vilken Erik?"

"Han går i parallellklassen. Jag följde med honom hem igår och det blev så sent att jag inte kunde komma hem".

"Jaha, men måste du inte komma hem och hämta dina böcker?"

"Nej jag kan låna på skolan".

"Okej, men du måste vara hemma till middagen ikväll".

"Javisst, det är jag". Efter den natten blev det inte mer av min flykt från hemmet.

En dag på en biologilaboration då jag tillsammans med några kamrater höll på att dissekera en lövgroda förlorade jag koncentrationen så till den grad att de andra undrade hur det var fatt. Dissekera, och studera under mikroskop, hade alltid fascinerat mig, att blottlägga och synliggöra dolda orsakssamband gav tillfredsställelsen av att ha avslöjat hemligheter. Nu kom det mig att tänka på situationen där hemma, plötsligt framstod denna som den stora hemligheten som jag ville avslöja, skrika ut i världen, som en protest mot den unkna dubbelmoral jag kände mig fångad i. Tillfällen då händelser i omgivningen fick mig att associera till något helt annat än det jag för ögonblicket höll på med och få mina tankar att driva iväg, var något som i och för sig hänt mig förut, om än i mindre grad än nu, jag var således van och då det hittills varit snabbt övergående hade jag tidigare inte ägnat det

17

någon egentlig uppmärksamhet. Men denna gången var annorlunda och jag hamnade i ett tillstånd av oro och misstämning, ett tillstånd som trotsade alla försök till undanflykt och blev hängande över mig som ett svart moln resten av dagen.

Senare den hösten blev min mor sjuk. För stor arbetsbörda, tillfällig överbelastning blev förklaringen. För mig som sett förändringen komma var det självklart vad som var felet, att det inte hade med jobbet att göra utan med situationen i hemmet. Det var som luften gått ur henne, denna energiska person med sitt starka engagemang föreföll helt plötsligt likgiltig både inför jobb och familj. För mig tedde sig omgivningens reaktion till en början obegriplig. Förvisso upplevde jag en genuin oro för mammas hälsa hos alla berörda, men det var som om problemet var att få henne att fungera under givna omständigheter snarare än att skapa rimliga omständigheter. Först tog jag det för omedvetenhet, men så småningom tvingades jag inse dubbelheten i vuxenvärlden. Det för mig uppenbara nämndes aldrig, fick aldrig nämnas, måste förträngas. Besvikelsen på mina föräldrar utvecklades nu till allmän frustration. Det som enligt mig hade helt avgörande betydelse för händelseförloppet var just det som det aldrig talades om i hemmet. Denna falskhet kändes oacceptabel, jag ville göra något, men visste inte vad. Resultatet blev en känsla av oförmåga och otillräcklighet, som kom att helt övermanna mig.

18

Jag började må ganska dåligt utan att jag först märkte det eller senare ville erkänna det. Jag upplevde det mesta som meningslöst, både skolarbetet och hemmet. Jag blev mest tyst, undvek kontakt och kände inte längre någon glädje. Lone den skolkamrat som jag mest umgicks med var den som först och mest direkt påpekade hur det stod till. Allt oftare avböjde jag hennes förslag att gå på bio eller konsert med motivet att filmen verkade ointressant eller att bandet som skulle spela var dåligt. När hon en dag föreslog att vi skulle anmäla oss till en kurs i självförsvar avfärdade jag det snabbt som varande meningslöst. Då förlorade hon tålamodet.

"Vad är det egentligen med dig, du tycker ju inte att någonting är intressant längre!"

"Vadå? Bara för att jag inte gillar kampsport".

"Nej Mousa det är inte bara det... Vad är det? Du är ju aldrig glad, verkar bara deppig, om du har problem kan du väl prata om dem". Övertygad om att mitt grubblande inte hade märkts utåt kände jag mig nu svarslös när hon konfronterade mig, och reagerade i självförsvar.

"Just nu är det lite jobbigt hemma bara".

"Är det det där med din far," frågade Lone, som kände till händelsen i passagen.

"Det är alltihop..., att bo där med dem".

"Ge inte upp, efter skolan kan du kanske flytta till något kollektiv eller nåt... Jag vet inte, men inget blir

19

bättre av att du bara ger upp så här!" samtalet ebbade ut då hon inte fick något gensvar från mig.

Nu visade Lone upp oanade kvaliteter. Hon ställde upp, tog mina problem på allvar, gick upp i att hjälpa mig ur svårigheterna, allt med hela den engagerade tonåringens patos. Denna hängivenhet, som jag inte förväntat, påverkade mig mer än jag då insåg och kom nog att bli det som fick livet att väga över och motivationen att återkomma. Efter hand som jag själv nu började må bättre och det blev plats för andra i min värld blev det också tydligt för mig att jag genom mitt beteende hade något av nyckeln till min mammas tillfrisknande. Inför detta förbleknade aversioner och avståndstagande och ganska snart var jag nästan som mitt gamla vanliga jag igen.

Krisen efterlämnade dock en ökad uppmärksamhet på, och en stor känslighet inför, diskrepansen mellan det som sades, inte sades, och vad det betydde. Det var nog denna insikt i språkets makt som väckte mitt intresse för språkfilosofin i skolan och senare fick mig att studera semiotik,och därmed, indirekt, kom att forma resten av mitt liv.

*

Trött på att ligga vaken och trött på tragglandet om min uppväxt tittade jag åter på klockan, som nu hunnit bli fyra på morgonen. Jag drog slutsatsen att detta skulle bli en sömnlös natt. Något som i och för sig var väntat då det var första gången jag sovit någon annan

20

stans än hemma på många år. Tog jag en sömntablett? Tittade mig omkring men då jag förstod att jag inte kunde få tag i en nu, lade jag mig på rygg och förberedde mig på några vakna timmar innan morgonen.

"Det är dags att vakna". En obehagligt effektiv kvinnoröst väckte mig. När jag öppnade ögonen fann jag mig nedbäddad i en sjukhussäng. Rösten som väckt mig tillhörde en sköterska som stod bredvid sängen.

"Var är jag?"

"Ni somnade i stolen inne i biblioteket efter ankomsten igår. Jag väckte er och hjälpte er i säng, kommer ni inte ihåg det?" jag hade ingen aning om vad hon pratade om.

"Var är jag?" upprepade jag irriterat.

"Minns ni inte att ni kom hit igår... Med flyg... Från Kalifornien?" Minnet började komma tillbaka och jag förstod, kände mig dum och för att dölja min förvirring drog jag till med en lögn.

"Jo, jo, jag trodde att jag var på något sjukhus".

"Nej då, det här är ert sovrum och frukosten väntar i biblioteket. Vill ni att jag ska hjälpa er?"

"Nej tack, jag klarar mig". Hon lämnade rummet. Jag insåg att jag trots allt somnat och sovit djupt när hon väckte mig. Kämpande mot en förlamande matthet tog jag mig nu ur sängen och de få stegen fram till rullstolen. När jag tagit mig in i det som måste vara biblioteket blev jag förvånad över att finna alla böckerna hemifrån prydligt uppställda på hyllorna. Fort-

21

farande under påverkan av nattens tankar, kände jag nu ett behov av att återse mitt barndomshem och började leta efter min mors gamla fotoalbum. Utan att lämna rullstolen lyckades jag få med mig ett av dem. Med albumet framför mig på bordet började jag äta min frukost samtidigt som jag bläddrade mig framåt genom barndomen, såsom min mor uppfattat den, eller i vart fall valt att spara den.

Några bilder av hemmet som motsvarande mina tankar fann jag inte, istället blev jag sittande framför ett foto på mig själv tillsammans med min mor. Jag hade ingen aning vem som tagit bilden men den måste ha tagits i samband med min fars begravning. Två personer som närmast uttryckslöst poserade för fotografen. Hon svartklädd med huvudet täckt av en sjal, för att tillfredsställa imamerna antog jag. Själv bar jag en grå kostym och vit skjorta utan slips med kragknappen knäppt. Detta skulle lika gärna kunnat vara en bild på en judisk familj, ja, med min mammas ljusa hy var nog detta vad en utomstående skulle gissa. Hur gammal var jag när den bilden togs? Efter lite funderande kom jag fram till att jag var trettiotvå när min far dog. Trots att jag var medellängd var jag huvudet högre än min mor vilket fick mig att se längre ut på bilden. En smärt ung man som likväl gav ett — inte satt men kantigt intryck — vilket ytterligare förstärktes av det breda ansiktet med sina markerade drag och det svarta kortklippta håret. Jag var nog vad många skulle säga en vacker

ung man som gav ett mycket manligt och robust in-
tryck. Tänk vad skenet kan bedra! Och vad finns kvar
av detta idag? Femtio år senare, mycket lite, några
neuroner och personlighetsdrag, resten är borta, ut-
bytt eller transformerat. Och ändå är det svårt för att
inte säga omöjligt att inte nu tänka på mig själv som
en och densamme nu som då.

TVÅ

J ag hade ännu inte hunnit avsluta frukosten när jag hörde röster i trappan, i nästa stund öppnades dörren och Bill klev in, flankerad av två yngre män.

"Välkommen! Hur gick resan", utropade han glatt. Bill på strålande humör, tänkte jag och svarade med framtvingad hurtighet.

"Jo tack, allt gick bra". Bill måste vara den ende som fortfarande är kvar, han måste ha fyllt sjuttio, insåg jag när jag såg åldersskillnaden, de andra två såg ut att vara minst trettio år yngre. Han var i och för sig lika spänstig och energisk som alltid, men den rynkiga läderartade huden hade tappat lite av sin spänst samtidigt som den börjat strama kring halsen, detta och det vitnande håret avslöjade hans åldrande. Jag blev nu påmind om att det var mer än fyrtio år sedan vi träffades för första gången.

Det var i början på trettiotalet, som vi lärde känna

varandra, under min tid i Washington. Jag jobbade åt NASA, egentligen för att följa upp utvecklingen på plattformen, men mest blev det som expert på biosemiotik. Då jag fortfarande var rätt ensam inom området var det under den tiden många forskare som kontaktade mig. Det var därför inget ovanligt när en ung biolog vid namn William Huxley hörde av sig angående en studie på den då nyanlagda månkolonin. En av alla dessa så genuint ytliga amerikaner, tänkte jag, när han stormade in på mitt kontor och presenterade sig på utpräglad mellanvästerndialekt, ett första intryck jag alltid kommer att minnas då det visade sig vara helt felaktigt. Bill var i själva verket en mycket bildad person och en människokännare utöver det vanliga. Redan vid vårt första möte uppstod känslan av en själarnas gemenskap, en känsla som med tiden fördjupades och med den vänskapen. De första åren hade vi dock inte mycket kontakt utanför jobbet, Bill hade då fullt upp med sin familj och själv åkte jag till Boston för att bo hos Sandra under min gästprofessur.

När jag nu satt där med min frukostskål och såg Bill i dörren, blev jag av någon anledning påmind om den första gången han kom hem till mig, det var i sällskap med sin dåvarande familj. Det blev ett kort möte men på något sätt typiskt för Bill. Plötsligt dök det upp en stor kombi med uppfordrande signalhorn utanför mitt fönster, det var först när han vinkande klev ur bilen som jag förstod vem det var. Lång, gänglig, med ett mycket kortklippt blont hår som spretade åt alla håll, klädd i jeans, röda canvaskängor och en nedsliten brun pilotjacka, som såg ut att komma från något militärt överskott, såg han ut mer som en cowboy än en framgångsrik forskare. Hela familjen fanns i bilen. De skulle upp till Kanada på fiskesemester och innan jag ens hunnit be dem, ursäktade sig Bill att de inte kunde komma in då de var katastrofalt försenade. Orsaken till besöket var den låda med böcker han lyfte ur bilen, böcker han lånat av mig och lovat lämna tillbaka sedan flera månader. Bill var vid den tiden fortfarande gift med sin första fru. Som jag nu kunde minnas träffade jag bara hans första familj denna enda gång.... Hans fru var mycket vacker, det kommer jag ihåg från detta enda möte med henne — där på gatan bredvid bilen — men jag kunde nu inte för mitt liv minnas hennes namn.

Det var först något år senare som sviterna efter brusten kärlek förde Bill och mig närmare varandra, och då till den grad att omgivningen kom att betrakta oss mer eller mindre som ett par. Bill hade skilt sig från sin fru. Hon hade efter kort tid gift om sig och tillsammans med barnen flyttat västerut. Själv hade jag återvänt till Washington och ungkarlslivet efter det misslyckade samboförhållandet med Sandra. Bills och mitt förhållande under den perioden präglades helt av saknad och tröst, det visste vi båda, men det förde oss inte desto mindre samman på ett unikt sätt, vi kom att dela inte bara våra sorger men mer eller mindre våra liv. Båda kämpade vi med en lång och svår klättring upp ur det mörker verkligheten knuffat ner oss i. Jag vill gärna tro att det var tack vare den andre som vi båda kom ur detta någorlunda helskinnade. — Ja, i alla fall Bill, mina sår visade sig inte kunna läka utan att efterlämna ärr.

Bill, som var i samklang med det paradigmskifte från biologi till semiologi, som ägde rum under fyrtio och femtiotalen, fick så småningom förtroendet att leda det då nystartade semilabbet vid MIT. Hans placering i Boston och hans arbete där gjorde att vi fortsatte upprätthålla kontakten under de kommande åren.

För mig blev Bill:s flytt till Boston starten på vad som skulle leda fram till det mest avgörande beslutet i mitt liv. En känsla av utanförskap, som jag från början avfärdade som ett resultat av mitt misslyckade förhållande med Sandra, hade med tiden vuxit sig allt starkare och med den min medvetenhet om problemet. Jag började förstå att jag nog alltid haft alienationen som följeslagare genom livet. Resultatet blev en efter hand mer betungande interaktion med omgivningen, vilket hade till följd en i mina ögon växande oärlighet gentemot denna omgivning. Det blev med tiden allt svårare för mig att tränga undan utanförkänslan och till slut orkade jag inte längre fördra omvärlden — en omvärld som i mina ögon alltid såg det uteslutna tredje som något förutsatt. Då jag inte kunde se någon annan utväg ur vad jag såg som en omöjlig situation bestämde jag mig för att lämna mitt dåvarande liv bakom mig. Jag avslutade min professionella karriär, lämnade NASA och flyttade till västkusten.

Efter det jag dragit mig tillbaka blev kontakten mellan mig och Bill mer sporadisk och när Bill hörde av sig en sen kväll hade det gått nästan fem år sedan vi senast talades vid. Bill ville höra min mening om ett kommande projekt. Hans korta beskrivning väckte mitt intresse, men jag förstod inte var mina egna kunskaper kom in i bilden. Han bad dock bara att jag skulle läsa igenom projektbeskrivningen och komma med synpunkter. Efteråt, när vi kopplat ner och jag fick tillfälle att reflektera, förstod jag överhuvudtaget inte varför Bill kontaktat mig, jag som inte varit aktiv på tjugo år.

*

Det var först vid nästa möte jag förstod. Denna gång hade Bill envisats med att koppla upp en VR länk. När vi så stod där framför varandra blev det först alldeles tyst. Tiden sedan vi senast sågs hade satt sina spår, framförallt hos mig, och Bill förmådde inte dölja sin överraskning.

"Det var länge sen vi sågs, känner du igen mig?" fick han fram med tillkämpat neutral röst. Han behövde inte förställa sig, jag var mycket medveten om det snabba åldrande min kropp genomgått under de senaste åren, det där slutliga åldrandet som förvandlat mig till en gammal man, en process som påskyndats av sjukdomen. Jag hade känt mig nervös inför mötet och i ett försök att förbättra, eller dölja, jag visste nog själv inte riktigt vilket, ställt mig framför spegeln på morgonen, något jag annars undvek. Efter det att sjukdomen satt in hade mitt redan åldrande ansikte snabbt förlorat sin återstående spänst, muskulaturen hade förslappats och huden antagit en obehaglig grå ton. Det sista halvåret hade ansiktsfärgen åter börjat ändras, blivit ljusare, nu såg jag också hur huden börjat stramas åt, i frånvaro av muskler började den bli till ett fodral kring kraniet, vilket fick mig att associera till en dödskalle och jag lovade mig återigen att undvika spegeln. Detta var således inget jag behövde bli påmind om, eller, för den delen, ville tala om, varför jag snabbt bytte ämne.

"Det är klart att jag känner igen dig, Bill. Jag har tittat igenom materialet du gav mig och som jag sade redan förra gången förefaller idén vara värd att satsa på, men uppriktigt sagt förstår jag inte varför du vänder dig till mig med detta?"

"Eftersom du går rakt på sak ska jag göra detsamma. Vi skulle vilja ha dig med i projektet".

"Mig?" jag tittade frågande på Bill som synbart besvärad undvek min blick. Det uppstod en kort tystnad varefter Bill hastigt lyfte blicken och tittade mig i ögonen med koncentrerad uppmärksamhet. Efter någon sekunds tystnad, som i det ögonblicket föreföll

29

mycket lång, sade han med en lite för låg och snabb röst för att vara Bill:

"Mousa, jag vet att du drabbats av A2", ett tillkännagivande som följdes av några evighetslånga sekunders dödstystnad varefter jag med samma låga röst frågade:

"Vem har berättat, är det Sandra? Det är ingen annan som vet". Därefter tystnade jag tvärt för att i nästa sekund utbrista: "Ni vill ha mig med som testobjekt!" ny tystnad medan jag återhämtade mig och upprepade frågan. "Att jag inte förstod, men det var det att jag inte trodde någon annan visste något. Hur har du fått reda på det?"

"Ingen har berättat. När jag började fundera över lämpliga personer framstod snart A2-anemipatienterna som intressant material. De har alla erfarenhet av rymdarbete och borde därmed vara lämpliga och framförallt kapabla till det mycket speciella samarbete som kommer att krävas här".

"Och dessutom blir de inte alltför långlivade", insköt jag.

"För fan, Mousa! Hur tror du det känns för mig att prata om detta med dig! Det skulle vara så mycket lättare att värva någon okänd. Varför tror du jag vill ha just dig? För att det är lätt? Det är resultatet jag tänker på, jag försöker få de bästa medarbetarna jag kan få, du är den bäste jag kan få, men fan i mig inte den lättaste!" jag hade hört hur fel det lät, och ångrat uttalandet redan innan Bills utbrott och svarade nu snabbt och urskuldande:

"Det var inte min avsikt att låta så cynisk, Bill".

"Ja, hur som helst fick jag tillstånd att gå in i A2-anemiregistret och så finner jag dig där och plötsligt blir allt så personligt. Det kändes som att träffas av blixten när ditt namn dök upp, första impulsen var att genast kontakta dig, nästa att aldrig berätta för någon att jag visste. Det tog lång tid innan jag bestämde mig för att fråga dig och ännu längre innan jag verkligen kontaktade dig och då, vid vårt förra samtal, var jag inställd på att berätta vad jag fått veta men kunde bara inte förmå mig. Sen, efter samtalet, hoppades jag att du skulle misstänka vad som var orsaken till att jag bett dig titta på projektet ".

"Jag hade aldrig en tanke på att du visste att jag drabbats av A2. Det var egentligen inte oväntat att jag drabbades, jag tillhörde ju verkligen riskgruppen med min långa exponering under den tid då man fortfarande inte förstod riskerna med låggravitation. Men ändå — när jag fick beskedet var det svårt att acceptera".

"Hur mår du nu, hur är det att leva med?"

"I detta skedet märker jag inte mycket, matthet, hjärtklappning, annars inget. Det var värre i början, innan man fick bukt med de inledande infektionerna. De satte sig mest i lederna och jag blev nästan helt rörelsehindrad under lång tid".

"Det är en skandal att man inte gjorde något när de

första fallen dök upp. Vet du om att ni är nästan ettusen som drabbats! Har du fått någon ersättning?"

"Ja direkt, det var inga problem. Konsortiet vet vad utebliven publicitet är värd och betalar därefter". Medan jag pratade på var mina tankar på annat håll, jag hade redan börjat fundera över konsekvenserna av Bills erbjudande. När jag först läst igenom projektbeskrivningen hade jag bedömt det ungefär som ett av alla de anslagsframställningar jag under åren tvingats ta ställning till, men när jag nu såg mig själv som föremålet för undersökningen framstod projektet i ett helt annat ljus. Motstridiga känslor kämpade nu inom mig, spänningen inför utmaningen tycktes, så snart den bröt fram, genast blockeras av en allomfattande ångest, en mycket underlig erfarenhet.

"Bill, jag måste få tid att tänka över det här", sa jag högt. I samma ögonblick blev jag medveten om att jag avbrutit Bill. Jag hade ingen aning om vad han sagt eller hur länge jag varit försjunken i egna tankar.

"Givetvis, ta all den tid du behöver".

"Vet du att Sandra är kvar i Afrika. Hon kommer aldrig att återvända fastän att hon påstår annorlunda". Återigen detta behov av att byta ämne, något obehag som måste undvikas, jag hörde det själv, men då var det redan sagt. Bill svarade som om han inget märkt.

"Det måste vara något med den kontinenten, man har hört om liknande människoöden ända sedan kolonialismen — träffas ni fortfarande?"

"Nej, mycket sällan. Vi talas vid då och då, något annat är egentligen inte möjligt. Det råder fortfarande anarki i kommunikationen till den kontinenten, många gånger är man glad att kunna upprätthålla en vanlig videolänk".

"Du! Det är någon här som försöker bryta in, kan du avvakta ett ögonblick". Det blev ett välkommet avbrott då jag kunde luta mig bakåt i stolen och vila ögonen. Förutom det allmänt tröttande med VR hade mötet med Bill efter så många år och samtalet som i så hög grad kom att kretsa kring min sjukdom gjort mig helt utmattad.

"Ja, du får ursäkta mig, en av dessa egotrippare". Bill var tillbaka.

"Jäktad som vanligt, ska du inte dra dig tillbaka snart?"

"Jag vet, det borde jag ha gjort för länge sedan, men du vet hur det är, det finns alltid något som man vill avsluta först och under tiden dyker nya saker upp, men jag har lovat mig själv att detta ska bli det sista stora projektet jag leder".

"Det skulle också kunna bli mitt sista projekt, just nu känner jag för att acceptera men måste få mer tid att tänka".

"Det har jag ju sagt! För Guds skull känn dig inte pressad nu, det här är jobbigt nog ändå".

"För Guds skull? Du har väl inte gått och blivit religiös på gamla dar", skrattade jag. "Du kan vara lugn Bill, jag känner mig inte pressad, men osäker, detta är ju ett val man inte ställs inför mer än en gång".

"Nej, verkligen inte. Är jag överkänslig?"

"Det är vi nog båda. — jag börjar få huvudvärk, det är den här VR-utrusningen, mitt huvud klarar den inte så bra".

"Okej, Mousa, vi kopplar ner".

"Ja, och så hör jag av mig inom några dagar. Ett sådant här avgörande ska man inte dra ut på".

"Tiden är din, och du! Hur det än blir med allt detta kan vi väl träffas, jag kunde komma ut till dig några dagar och vi kan ta en kväll på det där danska stället i LA som du berättat om".

"Gärna det, måste bara kolla så att det finns kvar".

Så snart samtalet avslutats tog jag fram projektbeskrivningen för att nu läsa igenom den mer noggrant. Det hann inte gå fem minuter innan jag insåg att jag var för trött för att förstå vad jag läste och avbröt det hela för att ta mig en tupplur på soffan. Det tog trekvart innan jag kom på fötter och åter började gå igenom detta märkliga projekt. Efter att ha plöjt igenom det hela inklusive alla tråkiga tekniska, organisatoriska och ekonomiska detaljer två gånger trodde jag mig kunna sammanfatta projektets huvuddrag som ett försök att registrera alla biologiska processer under en människas döende, något som först nu blivit möjligt genom utvecklingen av både snabbare och noggrannare mätutrustning.

Den tid det tar för en människa att gå från liv till

död beskrevs här i termer som skulle kunna jämföras med nedstängningen av ett datornätverk. Det senare är naturligtvis en rent fysisk process. I vilken utsträckning man kan säga detsamma om en människas väg från liv till död var vad projektet avsåg att bringa klarhet i. Projektet hade två faser. Det var den första, insamlingsfasen, jag skulle delta i. I den andra fasen skulle man analysera de ofantliga mängder data man fått från fas ett. Insamlingsfasen skulle föregå vid MIT:s Semilabb eller en till dem anknuten plats och pågå ungefär tre till sex månader. Tiden för insamling gick av förklarliga skäl inte att bestämma mer noggrant på förhand.

Jag lät det gå två dagar innan jag ringde och tackade ja, egentligen övervägde jag aldrig att tacka nej och hade en bestämd känsla av att Bill vetat det hela tiden.

Den enda förändring jag märkte under det följande året var att förhållandet till Bill fick nytt liv, under sommaren kom han ut till Kalifornien och tillbringade en vecka hemma hos mig. Jag hade bestämt mig, bara några timmar innan Bill skulle landa, att plocka upp honom på flygplatsen, men det höll på att gå galet då jag först inte kunde hitta honom, det var i sista stund jag fick syn på honom när han var på väg att hämta sin hyrbil.

"Mousa!" Utropade Bill förvånat när han fick syn på mig, "jag trodde inte att du skulle möta mig?"

"Det var något jag plötsligt fick för mig och det var

35

nära att det slutat i förvirring. En större olycka på väg upp försenade taxin en halvtimme".

"Du kom precis i tid, jag har just fixat hyrbilen och nu är det bara för dig att visa vägen".

"Det är mycket lätt, kör upp på San Diego freeway söderut och vänd av efter en dryg timme vid skylten San Mateo Rock, tre minuter senare är du framme".

Avfarten till mitt hus ledde ganska brant ner till en grusplan framför ett stort garage. Härifrån gick en gång ner till själva bostadshuset som bestod av två små kuber staplade på varann i ganska typisk LA stil. Den övre kuben hängde ut över sluttningen ner mot havet mindre än hundra meter bort, det L-formade taket på den undre kuben bildade en terrass där den ena halvan hamnade i svalkande skugga från norr, detta var husets enda utomhusanläggning. Bortsett från en liten stig ner mot stranden såg det i övrigt ut som om det fallit ner från skyn och landat mitt i orörd natur.

Det var första gången Bill såg huset. Under alla år jag bott där hade det besök som vi alltid pratade om aldrig blivit av, något som till det yttre förklarades med Bills upptagenhet, men i själva verket stod att finna i den känsla av obotlig ensamhet som kommit att prägla mig och som lett mig in i en alltmer tillbakadragen tillvaro, ett tillstånd som efter det jag blev sjuk utvecklades till något som mer kom att likna isolering. Nu var det som om Bills vetskap om mitt hälsotillstånd och det förestående projektet givit mig ny aptit på livet och jag hade sett fram emot besöket, ja, verkligen längtat efter att få träffa Bill igen. Det var denna längtan som fått mig att åka och möta honom.

Redan i bilen på väg hem tog jag upp något som upptagit mig sedan vårt samtal då Bill avslöjade att han visste om min A2.

"Jag kunde inte undgå din förvåning när vi sågs i VR efter så många år, mitt förändrade utseende"

"Inte underligt om A2:n satt sina spår" insköt Bill snabbt.

"Det var det jag menade, men det är nog trots allt långtifrån sjukdomen som är enda skulden, åldrandet hade redan satt in, när jag fick diagnosen var jag redan på väg att bli åldring."

"Du har nog rätt i att jag inte då tänkte på den långa tid som förflutit sedan vi sist sågs, samtidigt som mitt egna åldrande tycks ha gått mig spårlöst förbi.

"Det är nog vanligt för aktiva människor, det blir annat för den som mediterar i ensamhet" svarade jag med ett brett leende, väl medveten om att Bill fortfarande såg ut att vara tio år yngre än han var. För att undanröja en personlig anknytning jag inte tyckte om fortsatte jag:

"De första åren efter millennieskiftet pratade man allt som oftast om hur åldrandet skulle stoppas, ja — till och med föryngring nämndes. 2020 lyssnade jag på en föreläsare som uppmanade oss att gissa när den första 150-åringen skulle dyka upp. I ärlighetens namn skall sägas att bland de som var lite mer insatta i åldrandets problem rådde konsensus om en gräns vid 120 år, endast enstaka personer har lyckats överskrida den gränsen, rekordet tror jag är 122. Men förklaringen till denna gräns gäckar oss fortfarande 60 år senare."

"Även om detta projekt har helt annat syfte så är jag väl insatt i forskningen om åldrandet" svarade Bill och fortsatte. "Ingen av alla de terapier som genom åren försökt påverka åldrandet har visat sig ge bättre effekt än placebo. Åldrandet — i likhet med fotosyntesen — tycks innehålla komponenter av kvantmekanisk natur inför vilka vi fortfarande står oförstående,"

"Kan det finnas fenomen som vi inte är menade att genomskåda? Åter denna fråga om vi lever i en teleologisk värld, som varit grundläggande sedan mänskligheten såg dagens ljus."

"Men här har vi två stofiler som anser sig veta, eller?" Insköt Bill med ett skratt.

"Även om vi båda är förhärdade ateister så har väl ingen av oss någonsin sagt sig veta."

"Nej, naturligtvis inte. Vi lär nog få många tillfällen till djupdykning i detta ämne under vårt framtida samarbete."

Vår naturliga förmåga att samspela gav sig genast till känna och veckan blev till en njutning för oss båda. Långa samtal nere på stranden avlöstes av gastronomiska strövtåg bland LA:s många vegetariska restauranger. Bill hade alltid varit intresserad av mat och matlagning, nu hade han blivit vegetarian och utvecklat en verklig gastronomisk ådra.

Först året därpå började jag förstå vad min centrala medverkan i detta projekt skulle innebära. Jag blev mycket omilt väckt ur min omedvetenhet när de kopplade upp mig mot det nya medicinska center de inrett på MIT, det blev då uppenbart att jag tackat ja utan att fundera det minsta på beslutets framtida konsekvenser. Nu efteråt kan jag se mitt beslut att medverka som ett försök att komma ut ur det illusionslösa helvete jag hamnat i. Då jag vid den tidpunkten inte alls var medveten om detta kunde jag inte heller förstå hur minerad den väg var som jag slagit in på. Efter den dagen registrerades all biologisk aktivitet i min kropp dygnet runt. De visste mer om mig än jag själv, min åtrå, mina drömmar, mitt humör, ja allt. Det hela blev outhärdligt och efter en månad protesterade jag och hotade hoppa av projektet. Inför det hotet fick jag genast garantier att all data endast skulle registreras, ingen, absolut ingen kunde komma åt något, försäkrade de. Det enda som kunde ändra på detta var om mitt tillstånd förändrades på ett oväntat eller oförklarligt sätt och då endast under förutsättning att både jag och Huxley först givit vårt tillstånd. Jag visste att jag kunde lita på Bill och accepterade.

Därefter blev jag gradvis alltmer indragen i projektet. Under perioder blev jag tvungen att tillbringa många av veckans timmar i VR. Speciellt frågan om var

vi skulle hålla till blev en prövning, jag hade fått veto-
rätt och fann de flesta förslag helt oacceptabla. Frågan
blev till en följetong som fick mig att allvarligt tvivla på
mitt omdöme — varför hade jag tackat ja till att delta i
detta projekt? Vid en tidpunkt hade de formligen bom-
barderat mig med halvor uppvisande förslag på lämpli-
ga platser, allt från sjukhusannex till takvåningar.
Allteftersom sjukdomen tärde på mina krafter fann jag
det alltmer tröttande att befinna mig i VR miljö längre
stunder och efter en månad var jag så trött på lokalfrå-
gan att jag kände mig beredd att överlämna valet till
Bill. Det var då jag fick se huset och genast förstod att
det skulle passa. Här fanns saker jag inte sett sedan
barndomen. Gammaldags uttag för telefoni och ett ur-
modigt elsystem vars like jag aldrig sett, ännu mer för-
vånad blev jag när det visade sig vara inkopplat och
fungerande, det gick verkligen att tända och släcka
lamporna med de massiva plastvipporna som fanns in-
fällda i varje dörrkarm. Väggar och golv av riktigt trä,
sågat ur timmer och fönster av opreparerat glas. Det
var många år sedan jag sist såg något sådant. Jag blev,
trots skalan, upphetsad av rundvandringen, allt verka-
de orört, visserligen slitet, oerhört slitet, men inte änd-
rat sedan det byggdes för mer än hundra år sedan.

Så snart jag accepterat förslaget satte administra-
törerna på MIT in alla medel för att övertyga mig om
nödvändigheten av en helrenovering, intelligenta
golv, halo-väggar och mängder av annat. Men jag kände

att tillvaron i Boston skulle bli tillräckligt kringskuren ändå utan närvaron av en allvetande intelligens och sade blankt nej. De tog först inte mina protester på allvar och utgick från att jag kunde övertalas. Jag var väl medveten om detta men blev likväl överraskad när en inredningsdesigner dök upp i Kalifornien med den uppenbara avsikten att få mig på andra tankar.

Då den enda förhandsinformation jag fått var att en inredningsdesigner skulle anlända vid middagstid blev jag totalt överrumplad när jag öppnade dörren och möttes av en ganska osannolik kvinnlig uppenbarelse. Iklädd en kort halvgenomskinlig klänning i gummiimitation, något som skulle likna gammaldags nylonstrumpor, pumps, hologramtatueringar på båda överarmarna och ett par häpnadsväckande dynamiska inplantat gjorde hon förvisso intryck. Det tog en god stund för mig att samla tankarna och förstå att allt detta bara var ett sätt att distrahera, förmå mig att acceptera hennes och MIT-administratörernas koncept. Så snart vi slagit oss ner i vardagsrummet tog hon till orda och började beskriva sitt uppdrag.

Hon hade blivit ombedd att inreda den våning som så småningom skulle bli mitt hem. Anledningen till hennes besök var att för mig presentera ett antal förslag. Det var när hon började beskriva förslagen till renovering som inspirerade av klassisk dansk möbeldesign som jag förstod, — hon hade köpt en körning hos Humap eller någon av de andra konceptleverantö-

41

rerna. Denna anspelningen på min danska bakgrund och dessa kvinnliga attribut, men det funkade inte, hon hade handlat för billigt. Hennes framträdande, man skulle nästan kunna säga uppträdande, passade dåligt in på mina preferenser, detta hade hon vetat om hon köpt kvalité. Nu hade hon endast fått en körning på mina nätpreferenser med det ökända rykte dylika körningar drogs med. En A-klass körning skulle innehålla förstahandsuppgifter bland annat från en eller flera kvinnor, med sådana uppgifter skulle hon inte ha sett ut så här. Jag tyckte närmast synd om henne och undrade vem i hela friden som låg bakom detta.

"Hur är du knuten till projektet?"

"Projektet? Nej, jag är bara ombedd att inreda våningen. Det är Willows som kontaktat mig".

"Jaha", jag hade inte hört talas om någon Willows, antagligen någon administratör vid MIT. Svaret gjorde mig inte klokare, snarare mer irriterad.

"Willows kunde sparat dig besvär och projektet pengar, de vet redan hur jag vill ha det. Har du flugit ut från Boston bara för detta?" Nu kunde jag inte längre dölja mitt ogillande trots att jag märkte hur den unga damen retirerade inför min aggressivitet.

"Nej, från New York, jag tillhör New York-kontoret".

"Vad sa du firman hette?"

"Projecteur".

"Fransk?"

"Nej, bara namnet".

Efter mitt avvisande och aggressiva bemötande visste hon inte riktigt hur hon skulle komma vidare och blev mer försiktigt avvaktande. Så småningom fick hon fram en 3D skärm och började bläddra fram sina förslag till inredning, varje bild åtföljdes av hennes kommentar och en kort tystnad tydligen i avvaktan på min reaktion, men jag var inte längre till hjälp, jag hade tystnat — för gott när det gällde hennes redovisning. När hon insåg detta försökte hon byta taktik.

"Vad säger du om att äta lunch tillsammans? Jag såg ett ställe på väg ner från motorvägen". Medveten om att jag inte skulle orka fram och tillbaka utan rullstolen avböjde jag ett annars lockande erbjudande.

"Deras mat ska man undvika. Jag måste tyvärr hålla mig hemma under resten av dagen". Nu ville jag bara få iväg henne. "Vad äter du?"

"Jag är vegetarian".

"Bara grönsaker alltså".

"Möjligtvis fisk". Jag reste mig på ett sätt som klart visade att mötet var slut och på väg mot ytterdörren gav jag henne vägbeskrivningen till en bra fiskrestaurang som låg på vägen mot flygplatsen. Hon tog ett artigt, ja, nästan hjärtligt farväl, utan spår av besvikelse över det missade uppdraget. Antagligen debiterar Projecteur tillräckligt för att vara totalt likgiltiga inför förlusten av uppdraget att utforma inredningen av detta hus, tänkte jag, inte utan en viss skadeglädje gentemot de figurer som hittat på att sända denna stackars flicka hem till mig. Men resten av den dagen gick icke desto mindre som en dans, det var en ung flickas försök att anspela på min manlighet som smickrat mig. Det kändes bra, om än bara för en stund, att bli behandlad som man och inte bara som den dödssjuke gubbe jag var. Reaktionen var märklig då det hela ju bottnade i en rent ekonomisk kalkyl, ett dylikt bemötande kunde jag ju få när som helst av någon av de otaliga prostituerade i LA, men inför känslan vägde rationaliteten lätt och eftermiddagen var räddad.

När MIT folket fått rapport om det misslyckade besöket insåg de äntligen det lönlösa i sina övertalningsförsök och accepterade mina krav att lämna övervåningen orörd så när som på hissen, sjukhussängen och en "dummy", en enkel terminal som begränsades till att utföra direkta order.

TRE

Jag sjönk ner i stolen med ett uppgivet stön, det hade tagit flera minuter att ta mig hit från sängen några meter bort. Det går fort nu, tänkte jag, medan jag tryckte på en av armstödets knappar. Hydrauliken höjde snabbt och ljudlöst stolen till maxläge, nu kunde jag bekvämt låta kroppen sjunka bakåt mot det skålformade ryggstödet utan att fönsterkarmen skymde utsikten. Fönstret i sovrummet hade blivit mitt andningshål där jag kunde låta tankarna fly både omgivningen och situationen.

Det hade regnat nästan oavbrutet sedan ankomsten till Boston. Floden hade nu nått högt över sin normala nivå och flöt fram tjock, matt och brungrå, full av jord som regnet och det höga vattenståndet dragit med sig. Utsikten mot andra sidan dominerades av en mörk sommartät vegetation omgiven av en hög mur vilken föreföll att när som helst kunna sprängas av den ogenomträngliga växande massa den inneslöt. Om det fanns någon byggnad därinne så var den inte synlig från mitt fönster.

Utsikten väckte minnen från studietiden i England och tiden vid Saint John's, "The Backs" ständiga grönska och den rofyllda floden nedanför. Det kom att bli en banbrytande tid, åren jag tillbringade i Cambridge. Att jag överhuvudtaget hamnade i England berodde på min mor. Själv ville jag studera biosemiotik vid universitet i Köpenhamn som varit banbrytande i ämnet. Men erbjudandet från min mor, som via kontakter trodde sig veta att det fanns en plats för mig vid Saint John's college i Cambridge, blev för lockande. "Oxbridge" statusen vägde tungt när man som nyexaminerad gymnasist skulle välja universitet.

*

Det var till ett höstvarmt England jag anlände och landskapet runt universitetsbyggnaderna i Cambridge visade sig från sin bästa sida. Jag hade anlänt i god tid och kunde nu tillbringa några dagar på strövtåg bland alla dessa uråldriga universitetsbyggnader, insupa atmosfären, njuta av arkitekturen och den kontrasterande grönskan kring floden nedanför. Dessa första dagar i Cambridge blev till en oförglömlig upplevelse, jag red på en våg som reste sig högt över livets normala nivå, det var nu jag för första gången på riktigt lämnade föräldrahemmet och själv fick ta fullt ansvar för mitt liv.

Med fortsatt hjälp av min mor och hennes kontakter

46

hade jag fått tag i ett studentrum med utsikt ner mot floden. Jag delade andra våningen i ett litet stenhus med Paul, en andraårs biologistudent, husets bottenvåning och vind användes som arkiv. Paul var en mycket engagerad biologistudent som från första stund endast pratade om en enda sak: Vikten av att bevara balansen i solsystemet. Han försökte genast värva mig till en pågående kampanj mot den begynnande exploateringen av rymden men jag delade inte hans engagemang och hittade på olika ursäkter för att slippa bli indragen i grannens aktiviteter. Samtidigt fann jag den positiva energi som Paul utstrålade smittsam och jag kunde inte annat än tycka om honom. Men redan från början fanns där emellertid något hos Paul som störde mig. Jag kunde inte riktigt sätta fingret på det, men i vissa stunder var det som om den annars så livlige och engagerade Paul helt skiftade karaktär och blev nedstämd, blyg och försagd. Förklaringen kom helt oväntat en kväll då Paul kom hem från puben. Något berusad kunde han inte hålla tillbaka sin homosexualitet. Då jag inte haft en tanke på att han kunde vara bög kunde jag inte dölja min överraskning. Jag blygdes över att inte ha förstått, men också, och kanske mest, över min naivitet. När jag blev lämnad ensam och fick tillfälle att reflektera, anklagade jag mig själv för att ha en fördomsfull bild av homosexuella. Jag visste egentligen inte riktigt hur den bilden såg ut, bara att Paul inte rymdes där.

Efter händelsen blev stämningen oss emellan något trevande och båda undvek vi ämnet. Detta ville jag försöka ändra på då jag minst av allt ville ha dåliga relationer till min rumskamrat. När vi några dagar senare av en slump stötte på varann på vägen hem såg jag ett tillfälle och föreslog en gemensam middag där hemma. Förslaget antogs genast av Paul och vi vek av in på närmaste mataffär. Där uppkom genast osäkerheten om vad som gick att åstadkomma i vårt miniatyrkök med dess minimala utrustning. Resultatet blev att vi kom hem men två biffar en burk grönsaker och en flaska vin. Biffarna blev överstekta och grönsakerna fick serveras direkt ur burken. Vi tog det från den skämtsamma sidan och efter att ha sköljt ner det hela med rödvin kände vi oss tillfreds med måltiden.

"Det här var kul, det gör vi inte om", skrattade Paul.

"Nej, det var nog ingen vidare idé".

"Vi har ju haft kul och vinet var gott. Bara inte arkivmänniskorna dyker upp de närmaste dagarna". Paul gjorde en grimas och viftade med handen i luften, anspelande på det kraftiga stekoset som fyllde rummet. Vi skrattade båda. Efter en kort tystnad sa jag:

"Paul... Det finns väl inga hinder för vår fortsatta vänskap, eller vad tycker du?" själv tyckte jag att det lät lite löjligt när jag sa det, men jag var ute i okänd terräng och jag visste inget annat sätt än att vara rättfram.

"Nej, absolut inte Mousa, du kan vara helt lugn, jag

var bara lite full och kunde inte låta bli. Det är inte första gången jag spontant luftar mina känslor och får ångra det efteråt".

"Vi har nog betett oss fånigt båda två, men det ledde ju till att vi lärt känna varann, så det finns kanske inget att ångra".

"Nej, men det finns ju mer än ett sätt att berätta för någon som inte vet att man är bög, man behöver ju inte direkt försöka dra ner byxorna på honom", svarade Paul i en skämtsam ton. Jag hade nog varit ganska nervös för detta tidigare under kvällen, det förstod jag när jag nu kände en stor lättnad. Resultatet av denna episod blev en varaktig vänskap, baserad på ömsesidig förståelse, av det slag som ibland kan utvecklas mellan två helt olika personligheter.

Paul intensifierade nu sina försök att engagera mig i sina hjärtefrågor. Men för mig som upplevde allt det nya fanns inte mycket utrymme för de miljöfrågor som helt tycktes uppsluka honom, så när jag efter övertalning följde med Paul till ett möte var det som social upptäckare snarare än engagerad kämpe. Knappt tjugo personer hade samlats i en stor föreläsningssal, ämnet för kvällen var de stora farorna med en eventuell malmbrytning i asteroidbältet. Befriad från engagemang i sakfrågan ägnade jag mig åt att nyfiket iaktta de olika deltagarna och deras beteende. Vad de pratade om hade jag mycket liten uppfattning om, det var annat som fångade min uppmärksamhet, som till exempel att de som ville yttra sig alla gick fram till salens podium. Det föreföll underligt då gruppen var så liten och satt så samlad att de med lätthet kunde samtala utan att resa sig. Något som däremot fångade mitt intresse var en av de första talarna: En lång, mycket smal flicka med nordiskt ljus, ja, nästan blek hy och ett mycket kort blont hår. Det var hennes brytning som först väckte min nyfikenhet. Den var knappt märkbar och först trodde jag att hon var svenska men efter en stund förstod jag att hon hade tysk bakgrund. Hon bidrog med ett kort, lugnt inlägg, som kontrasterade mot många andra vilka snarast kunde beskrivas som emotiva utbrott. Min blick återvände ofta till den blonda flickan under resten av mötet.

I brist på engagemang tappade jag koncentrationen och bilden av skolteatern i Hellerup dök upp i mitt huvud. Jag hade en gång deltagit i en pjäs där jag stod som anklagad, eller förhörd, nu kunde jag inte minnas hur det var, men bilden av scenen i skolans aula väcktes till liv av omgivningen och jag var med ens tillbaka i Hellerup. Jag återfördes inte till nuet förrän mötet avslutades och folk började resa på sig. Som så ofta när tankarna drog iväg med mig vaknade jag upp till en värld som kändes främmande, som fick omgivningen att framstå i ett oroande sken av overklighet. Jag kunde aldrig bestämma mig för om detta, olika snabbt övergående tillstånd innebar en avklarnad syn, ett kortvarigt genomskådande av något annars förträngt eller om det helt enkelt bara var en tröghet i återgången till nuet och verkligheten. Jag kände mig obehaglig till mods och ville gå hem, men Paul envisades med att jag skulle följa med honom och de övriga, som nu drog iväg till närmaste pub.

Vi stod vid baren med varsin öl när Paul frågade:

"Nåå, vad tyckte du?" jag visste inte hur jag skulle svara utan att verka oförskämd, jag kunde inte förmå mig att erkänna att jag inte lyssnat.

"Jag är inte tillräckligt insatt i problemet för att kunna bedöma era argument".

"Men du hör ju hur det går till! Vad tycker du om det? Bolagen kan göra vad de vill så länge det inte finns någon lagstiftning".

"Jo visst..., det är bra att ni fungerar som motkraft och fäster uppmärksamhet på frågan". Paul betraktade mig utan att säga något, tittade sig sedan runt i lokalen och sade efter en stund:

"Kom ska du få träffa några av mina vänner". Jag försökte följa Pauls blick men då var denne redan på väg från baren. Jag följde efter och hamnade framför ett bord där den bleka flickan från mötet satt tillsammans med en flicka med västindiskt utseende.

"Hej! Detta är Mousa, min nye rumsgranne". Paul sträckte ut armen mot mig samtidigt som han drog fram en stol. De båda flickorna hälsade och presenterade sig, jag fick nu veta att hon hette Gertrud och hennes vä-

51

ninna Joyce.

"Han tror inte det vi håller på med är viktigt", sade Paul samtidigt som han gav mig en provocerande blick.

"Det har jag inte sagt! Bara att jag vet för lite för att kunna ta ställning".

"Var du med på mötet", frågade Joyce.

"Ja".

"Då har du fått veta en del i alla fall".

"Han tror inte på vad vi berättar!" Pauls röst lät aggressiv. Med en frågande blick som gick från Paul till mig frågade Gertrud:

"Är ni kompisar eller?"

"Jag försöker bara få igång den här tröge dansken", skrattade Paul.

"Är du dansk! Då är vi nästan grannar, jag kommer från Flensburg", sade Gertrud.

"Jag är född och uppvuxen i Köpenhamn vilket gör mig till dansk, men jag är nog inte speciellt representativ".

"Hur länge har du varit här — i Cambridge menar jag", frågade Joyce.

"Detta är min tredje vecka".

"Din första termin här, vad läser du, frågade Gertrud".

"Språk". Jag som gärna ville få igång ett samtal med Gertrud ångrade nu att jag inte lyssnat mer på vad hon sagt under mötet. I ett försök att fånga hennes uppmärksamhet frågade jag på danska:

"Du kommer fra Flensborg! Så taler du dansk?"

Gertrud log medan de övriga två mest såg nyfikna ut.

"Nej, jag förstår lite men kan inte prata danska", svarade hon.

"Jag trodde att alla i gränsområdet var tvåspråkiga?"

"Jag tror att fler danskar kan tyska än tvärtom". Paul avbröt med att kommentera de nya och som han sade alarmerande uppgifter som framkommit under dagens möte. Nu började de tre att prata om mötet och jag satt tyst och lyssnade, mest på Gertrud. På vägen hem frågade jag ut Paul om henne, men fick inte veta mer än att hon hängde ihop med en arkitekt, som Paul uttryckte det.

Någon månad senare, när studierna kommit igång och jag hade börjat komma in i en viss rutin, var jag i bokhandeln för att beställa kurslitteratur då jag hörde en bekant röst bakom mig.

"Hej Mousa!" det var Gertrud. Överraskad över att se henne och i ivern att få igång en konversation kom jag inte på något att säga, istället bara stod jag där. Det blev hon som inledde ett samtal.

"Har du börjat vänja dig vid livet här, hur går det med studierna?"

"Jo, det går bra, jag trivs fint här". Andra trängde på för att komma fram till informationsdisken. Lite stressad av situationen och rädd att missa tillfället sade jag med snabb röst:

"Jag ska bara lämna den här beställningen sen tänkte jag ta en kopp te. Har du lust att följa med?"

Hon tackade genast ja och vi tillbringade en dryg tim-
me tillsammans, livligt pratande om vår bakgrund
och vår nuvarande studiesituation. Gertrud var kritisk.

"Man kan plugga hur mycket som helst här, men
jag har bestämt mig för att göra varje onsdag till en
läsfri kväll och det ska mycket till om jag ska ge upp
den kvällen. Jag tror att det ger resultat i längden, att
inte glömma koppla av menar jag".

"Du har nog rätt. Själv har jag inte riktigt kommit
igång ännu, hittills har jag inte haft några problem att
ta fritt". Egentligen ville jag fråga henne vad hon gjor-
de på sin lediga kväll men kom mig inte för. Så fort jag
kom hem frågade jag Paul om han visste var Gertrud
brukade hålla till på onsdagskvällarna. Han gav nam-
net på en pub som skulle ligga på Green Street.

Kommande onsdag letade jag mig med viss möda
till puben, som i själva verket låg på en liten sidogata
till Green Street. Trots letandet var jag tidig, efter två
timmars väntan var jag beredd att ge upp, då kom
hon in tillsammans med Joyce, inte arkitekten! Utan
att ha sett mig när de kom in ställde de sig vid baren.
Jag ville resa mig och gå fram till dem men tvekade.
Efter en stund lyckades jag få ögonkontakt med hen-
ne, hon sken upp och kom genast fram till bordet.

"Hej! Brukar du gå hit?"

"Nej, det är första gången".

"Är du ensam, får vi slå oss ner?"

"Ja, ja visst, sätt er". Jag fick reda på att Gertrud

och Joyce delade rum i närheten och att de brukade gå hit tillsammans. Efter någon timmes kallprat om Cambridge och studierna gick Joyce hem för att avsluta något arbete inför handledningen dagen efter. När hon gått förändrades stämningen mellan oss och efter en stund tog jag mod till sig.

"Paul sa något om att du hängde ihop med en arkitekt?"

"Hänger ihop! Vilket uttryck. Simon och jag är vänner sedan länge, nu är han i USA på ett stipendium". Det var ju uppenbart varför jag frågat och nu visste jag inte hur jag skulle fortsätta. Istället blev det hon som fortsatte.

"Jag är singel om det är det du undrar, och du själv då? "

"Va... Nej, jag är ensam för tillfället".

"Vi är i gott sällskap, här är gott om enstöringar som sätter studierna först".

"Jag måste känna att jag har ett liv för att kunna plugga", ljög jag medvetet. Jag kunde inte gärna medge att jag trivdes med studierna, trivdes så bra att jag dittills låtit det ta nästan all min tid.

"Jag också, men här finns många nördar som inte skulle förstå vad du talar om. För dem är livet att plugga". Jag betraktade hennes läppar när hon talade. Hennes smala bleka ansikte framhävde hennes välformade mun och fick läpparna att framstå som bredare, rödare och fylligare än de egentligen var. Jag lyfte blicken och mötte hennes ögon, hennes intensiva blick och insåg att jag inte längre hörde på henne. För att dölja min förlägenhet kastade jag snabbt fram en fråga, den första jag kom på.

"Är du intresserad av konst?"

"Jag vet inte mycket om det, dagens konst begriper jag inte alls. Varför?" Jag visste inte varför jag sagt konst, men fortsatte nu obesvärat.

"Jag tänkte åka ner till London en helg och gå på konstrunda och tänkte om du kanske var intresserad av att följa med?"

"Kanske, du kanske kan lära mig något".

"Jag är absolut ingen konstexpert, mitt intresse för konst hänger ihop med mitt intresse fö ...," min röst drunknade i musiken när kvällens liveband drog igång.

"Va", ropade Gertrud

"Biosemiotik!" Skrek jag till svar. Gertrud ryckte på axlarna med en gest mot bandet. Det var inte lönt att försöka prata, bättre att lyssna till musiken. När puben stängde gick vi därifrån tillsammans. Vid Gertruds hus blev vi stående, tysta och avvaktande. Det var jag som bröt tystnaden.

"Har du lust att följa med hem till mig en stund?"

"Joyce skulle nog uppskatta ensamheten i kväll, jag har en känsla att hon tänker plugga halva natten". Det var upplagt, det visste vi båda och det blev inte sagt så mycket när vi kom upp. Vi satte oss i soffan och jag omfamnade henne, kysste henne, mjukt och

56

försiktigt till en början, snart ivrigt och flåsande. När vi nästa morgon vaknade upp bredvid varann var vi båda på det klara med att vi nu inlett ett förhållande, ingen av oss sade något om det, inte ett ord, ändå fanns det ingen tveksamhet. När hon gått kände jag mig väl till mods, förälskat längtade jag redan efter att få träffa henne igen, men likväl fanns den där — känslan av besvikelse, eller kanske var det saknad. En känsla svårt att beskriva, den var inte framträdande men den fanns där, hade funnits där varje gång, ända sedan första gången, ja, egentligen minns jag den redan från barndomen. Det var en julafton, jag var helt liten kanske tre eller fyra år. Ivern och glädjen över att packa upp alla julklappar och sedan besvikelsen när det var över, eller rättare sagt att det var över — saknaden.

Alla hennes bestämda åsikter som jag vid vårt första möte på puben upplevt som spännande och pikant började nästan genast tära på passionen. Hennes starka inlevelse ledde ofta till diskussioner som slutade med att hon anklagade mig för att vara utan känslor, bara en massa förnuft och analys, som hon uttryckte det. Till en början kände jag mest ömhet inför hennes så äkta engagemang, men samtidigt fann jag mig gång efter gång möta hennes känsloutbrott med en rationell kyla som i mina egna öron fick en överlägsen ton som jag avskydde och som alltid lämnade efter sig en djup frustration. Allteftersom veckorna gick blev det alltmer uppenbart för mig att jag inte kunde dela eller ha fördrag med hennes värderingar.

Julferien tillbringade jag i Köpenhamn medan Gertrud stannade kvar i Cambridge. Under denna tid hade vi dagliga timslånga videosamtal med varandra. Distansen tycktes fungera som smörjmedel, friktionen mellan oss var plötsligt borta och tiden innan vi kunde återförenas kändes som månader. Under våren skruvades studietakten upp för oss båda och våra träffar försiggick ofta i en stämning av att vi försummade studierna. Vi hade bestämt att tillbringa några dagar i London under påskferien. Dagarna innan kom Gertrud hem till mig direkt från ett möte, jag märkte genast att hon var upprörd.

"Vad har hänt?"

"Nej, inget".

"Du verkar upprörd".

"Jag orkar inte prata om det, man blir så förbannad!" Först trodde jag att det hade med mötet att göra och kände mig inte överdrivet angelägen att få veta. Det skulle antagligen bara leda till en lång och trist diskussion.

"Okej, vi pratar om något annat".

"Ann och Peter sitter anhållna i Coventry".

"Va! Vad har de gjort?"

"De ville stoppa Spaceminings kriminella verksamhet! "

"Vad är de anklagade för, vad har de gjort?"

"För skadegörelse, och de där svinen kräver miljonskadestånd!"

"Vilka?"

"Spacemining säger jag ju! En liten buckla i en av deras maskiner, det är ju inte klokt!"

"En buckla? Vad hände?"

"Peter dängde till den med en hammare".

"Hur i hela världen lyckades han komma i närheten av deras maskiner?"

"De tog sig in på natten, i söndagsnatt. Ann känner en hacker som vet hur man manipulerar ID-kort så att läsaren drabbas av hjärtflimmer. De promenerade in genom huvudingången, klistrade upp flygblad och plattade till en av deras gruvrobotar". Trots att hon var mycket upprörd kunde hon inte dölja sin förtjusning vilket irriterade mig.

"Om det var så lätt, hur blev de då avslöjade".

"Videoövervakning. Polisen kom hem till dem båda samtidigt nu i morse, massor av folk med hjälmar, västar och automatvapen. Det var som i en dålig Hollywoodfilm, sade Rolf som var hemma hos Ann när de kom".

"Men vad väntade de sig uppnå genom att bryta sig in där och försöka slå sönder en maskin?"

"Ibland ställer du frågor som kan få en att baxna! Du vet lika bra som jag vad som pågår och att ingen bryr sig. Det var ett försök att få upp ögonen på folk och visa vad vi tycker".

"För mig verkar hammare som ett dåligt verktyg om man vill få opinionen med sig".

"Jaa, naturligtvis du vet ju alltid bäst!" utropade Gertrud i falsett.

"Jag menar bara att konsekvenserna av det här inte står i proportion till det ni rimligen kan hoppas uppnå, hade ni inte kunnat få samma uppmärksamhet genom att demonstrera utanför området?"

"Fattar du inte att de inte fördärvat något, att det absurda skadeståndskravet bara är deras sätt att försöka tysta oss. Det tror de att de kan lyckas med genom att ge Peter och Ann långa fängelsestraff. Det är för jävligt!"

"Fattade ni verkligen inte vilken risk ni tog?"

"Säg inte vi, jag visste inget förrän efteråt och hade jag vetat skulle jag gärna ha följt med, fattar du", skrek hon.

"Det jag inte fattar är att du finner aktionen rimlig men samtidigt finner tanken på repressalier oacceptabel. Menar du verkligen att de skulle gå fria, att de inte skulle ställas inför rätta?"

"Ja, det menar jag verkligen!"

"Du menar alltså att det finns tillåtna övergrepp, att vissa olagliga handlingar ska accepteras av samhället?"

"Nej, det menar jag inte, men jag kan skilja på övergrepp och civil olydnad, det kan tydligen inte du!"

"Att slå sönder andras grejor kan väl ändå aldrig

innefattas i begreppet civil olydnad". Gertrud, vars ilska över min reaktion ökat under hela ordväxlingen, for ut med armarna och stampade foten hårt i golvet.

"Du är olidlig!" Skrek hon. "Jag berättar för dig att Peter och Ann sitter fängslade och du ställer dig på fångvaktarnas sida!"

"Sluta nu! Du är bara förbannad för att jag påpekar att det var ganska korkat det de gjorde. Och att du är orimlig när du menar att de skulle gå fria".

"Vem som helst skulle höra vem som är orimlig, orimligt korkad", skrek Gertrud, rusade ut och slog igen dörren med full kraft.

Morgonen därpå ringde hon mig tidigt, meddelade att vårt förhållande var över och slängde på luren. Under de närmaste dagarna försökte jag få kontakt med henne men hon gjorde sig oanträffbar. Efter viss tvekan valde jag att ensam genomföra den planerade Londontrippen. Vid återkomsten lyckades jag få kontakt med Joyce och försökte få henne att övertala Gertrud att träffa mig. Dagen efter ringde Joyce och sade att Gertrud gick med på att träffa mig på eftermiddagen utanför Cambridge University Press på Trinity Street. Jag var där först och såg henne komma runt hörnet från gågatan. Hon var klädd i den mörkröda långa kappan hon klädde så bra i. Redan på avstånd kunde jag se hur spänd hon var.

"Hej! Det var snällt av dig att komma, jag ville gärna prata med dig. Det kändes ju helt fel, det sätt vi skildes på". Jag hade haft gott om tid att fundera ut vad jag skulle säga, om och när vi träffades, gått igenom det gång på gång och, som alltid i inre dialoger, fått svar som likt Legoklossar fått drömhuset att växa. Ställd inför verkligheten lades nu detta vackra bygge i ruiner och blev till vad som i mina öron lät som en meningslös utantilläxa, något som underligt nog inte tycktes bekomma mig. Det var som om hennes blotta närhet fick allt annat att krympa i betydelse och dessutom såg jag att hon var alltför upprörd för att höra på mig. Och mycket riktigt visade hon inga tecken på att ha hört min krystade inledning när hon med låg ansträngd röst frågade:

"Var du i London?"

"Ja, men det blev ganska misslyckat... Jag saknade dig". Gertrud gjorde en ansats till att svara men brast i gråt. Jag tog henne genast i mina armar och höll henne tätt intill mig. I den iskalla aprilvinden kände jag hur vi sveptes in i en skön värme.

Länge stod vi där stilla och tyst, krampaktigt omfamnande varandra, försonade. Vi lovade varandra att anstränga oss för att undvika situationer vi båda visste skulle leda till konflikter, men nästan genast var vi tillbaka i det vanliga negativa mönster som oftast ledde till politiska diskussioner där Gertrud inte kunde acceptera min, som hon sade, ansvarslösa hållning medan jag anklagade hennes starka idealism för att vara oreflekterad, känslosam och orealistisk.

Under sommaruppehållet lämnade vi båda Cambridge för att tillbringa sommaren i respektive hem. Nu blev kommunikationen i stort sett begränsad till mejl, vilka till en början var långa och dagliga men allteftersom sommaren gick blev allt glesare och alltmer kom att bli till en provkarta på ursäkter varför vi inte haft tid att skriva.

När vi första gången återsågs inför höststarten hade något hänt, inget jag kunde peka på, men på samma självklara och ordlösa sätt som vi inlett förhållandet kände jag nu att det tagit slut. I praktiken fortsatte vi att träffas ytterligare några veckor men jag visste att det var över. När jag tackade ja till ett erbjudande att följa med några studiekamrater till London över veckoslutet kom frågan om förhållandet upp till ytan. Vi träffades, som ofta efter föreläsningarna, på ett litet serveringsställe.

"Jag tänkte åka ner till London under veckoslutet. Är det okej med dig?"

"Det är det väl. Jag ligger efter med allt och behöver helgen för att komma ifatt". Jag tyckte mig uppfatta en viss befrielse i hennes sätt att svara, kände mig plötsligt mycket trött på situationen och skulle helst av allt velat resa mig och gå, men förblev tyst. Då vi båda suttit tysta en lång stund kändes det att jag måste få slut på det hela.

"Jag har tänkt på oss... Det kanske vore lika bra om vi inte hade ett förhållande. Vi kan ju ändå träffas och så, men utan att känna oss bundna".

"Om det är det du vill så". Gertrud kunde inte dölja sin besvikelse.

"Men vi vet ju båda hur det är. Det är inte en fråga om vilja, men att acceptera sanningen!" utbrast jag. Denna irritation! Jag avskydde den, men ingen kunde som hon framkalla den.

"Ja, ja! Det känns bara så trist, men du har väl rätt", svarade hon resignerat. Jag reste mig, lutade mig fram över bordet och gav henne en snabb puss på kinden, stod kvar lutad över bordet med mitt ansikte mycket nära hennes och sade med låg röst:

"Jag tycker mycket om dig, det vet du, men vi ska nog inte vara för nära varandra, vi är för olika, men vi kan väl försöka fortsätta att vara vänner?" hon nickade tyst. Jag drog med en snabb rörelse handen över hennes axel, vände mig om och gick.

FYRA

Förutom inslaget av H2O kunde jag inte komma på någon likhet mellan den brunaktiga skummande sörja som strömmade fram i den översvämmade floden nedanför mitt fönster och det klara vita skummet från de havsvågor som varit min utsikt under så många år. De föga uppenbara, men desto mer efterlängtade, associationerna till Kalifornien och utsikten ner mot havet väckte starka minnen till liv från alla de timmar jag tillbringat på altanen under ackompanjemang från de mäktiga vågornas rytm. Kylan från de inrullande dimbankarna blev så tydlig att jag rös till. Det var rysningen som stack hål på dagdrömmen. Frusen och vemodig förmanade jag mig själv att det var meningslöst att drömma om det som varit, att sakna framtid var ingen ursäkt. Tanken spädde ytterligare på känslan av hopplöshet och likt dimbankarna rullade nu vemodet in och omsvepte mig, jag blev sittande kvar vänd mot floden med tom blick.

Det var i bilen på väg norrut mot Los Angeles denna obehagliga känsla av hopplöshet första gången övermannade mig. De tre personer som skulle eskortera mig till Boston hade anlänt redan tidigt på morgonen och då allt jag ville ha med mig till mitt nya hem, mest böcker, redan blivit packat och sänt i förväg var det nu bara jag och mitt resebagage kvar att lasta in i bilen. Mindre än en halvtimme efter deras ankomst var vi klara att ge oss av mot flygplatsen. Det var när vi svängde upp på motorvägen, och hela blickfånget fylldes av den mäktiga bukten som sträckte sig enda ner till San Diego, som det plötsligt blev verkligt för mig. Det jag vetat länge blev först nu till verklighet, jag skulle aldrig mer höra de mäktiga stillahavsvågorna rulla in, aldrig mer få uppleva det djupt blågröna färgspelet hos denna skönhet, denna flytande ädelsten som under så många år varit min följeslagare. Hur skulle det nu bli? En fråga utan svar. Inför det okända men oundvikliga grep fruktan tag i mig och efterlämnade detta vemod som följt mig sedan dess.

Problemen hade egentligen börjat redan dagen innan avresan. Man hade erbjudit mig att flytta över centraldatorns minnesbank till huset i Cambridge, vilket jag direkt avböjde. Dessa minnen var trots allt så förknippade med livet i Kalifornien, det var inget som skulle följa med mig, då föreföll det mycket bättre att radera och ha friheten att minnas subjektivt. Det var min ursprungliga tanke, men det visade sig inte så lätt. Dessa minnesbanker innehöll, eller snarare var, mitt liv under de senaste tjugo åren. Datorns tillsynes beredvilliga respons på min begäran att radera och skriva över, fick mig att associera till eutanasi och jag greps av en förtvivlan så stark att jag blev tvungen att avbryta arbetet. I stället tog jag mig upp till övervåningen där jag blev sittande tomt stirrande ut över havet. Reaktionen gjorde mig perplex, aldrig förr hade jag upplevt liknande känslor gentemot en maskin. Jag hade aldrig uppfattat centraldatorn som en livskamrat, men det var just så det kändes nu, likt en livskamrat var dessa minneskretsar en del av mig själv. Väl medveten om att det måste raderas, då det var via dylika kritiska minnesbanker de flesta personlighetsstölder ägde rum, beslutade jag att ta upp det med Bill så fort jag kom till Boston. Någon kontorsslav på MIT fick fixa det, själv förmådde jag inte. Samma kväll greps jag av en likgiltighet jag aldrig känt förr, det var som om allt plötsligt förlorat sin mening, det var en skrämmande känsla. Jag trotsade mina övervakares restriktioner och tog två Speedy i en grundlös förhoppning att Medcenter kanske inte skulle märka något. De fungerade, det vill säga, hopplösheten var som bortblåst ända tills den där bländande utsikten över bukten träffade mig i mellangärdet.

Tio timmar senare rullade jag över tröskeln till detta hus som skulle bli mitt sista uppehåll. Det var ett stort hus med prudentligt snirkliga detaljer. New-

England stil kallades det, byggt i mitten av nittonhundratalet. I grunden bestod det av en stående rätvinklig parallellepiped i två våningar, försedd med ett mycket spetsigt sadeltak. Den ursprungliga träpanelen hade blivit belagd med ett vitt syntetskikt. De ursäktade detta övergrepp med säkerheten, de måste skydda utrustningen mot störningar utifrån. Även taket hade de bytt ut mot något som skulle föreställa röda tegelpannor, men som kunde bära upp det batteri av paraboler som nu totalt ödelade arkitekturen. När nu detta blivit resultatet, när de ändå blivit tvungna att förändra det mesta av huset till oigenkännlighet, vad var det då för mening med att ägna valet av plats all denna möda? Uppgivet kunde jag konstatera att bara övervåningen var lämnad orörd, det var där jag hade min bostad, den hade jag vägrat ge upp, den blev de tvingade att lämna intakt, så när som på ett fåtal möbler jag själv valt ut.

Våningen, som skulle vara mitt hem under den tid som var kvar, bestod av ett stort centralt rum där väggarna var klädda med en nästan till oigenkännlighet urblekt och smutsfärgad papperstapet som säkerligen skulle inbringa en mindre förmögenhet om man bjöd ut den på Cristie's. Ett naket gulnat lysrör hängde mitt i taket. Rummets övriga inredning inskränkte sig till en ockrafärgad soffgrupp arrangerad kring ett rustikt rektangulärt bord i ljus ekimitation. Inga mattor, då jag ansåg det vara ett helgerån att täcka över det

68

av ålder vackert patinerade trägolvet. På väggen närmast trappan till bottenvåningen fanns dörren till badrummet. Resten av den södra väggen var till stor del borta, utrymmet upptogs nu av en nyinstallerad hiss stor nog att så småningom rymma den hiskeliga men ändamålsenliga hightechsäng som jag just lämnat. Östra väggen upptogs av ett stort fönster som vette ut mot centrala Boston. Åt norr fanns två dörrar, ett till det sovrum där jag nu satt och ett till det kombinerade biblioteket och matrummet. Sovrummet innehöll bara min säng och den justerbara stol jag tillbringade större delen av min vakna tid i. I matrummet stod några bokhyllor med mina böcker, ett kombinerat skriv-och matbord och en tämligen nedsutten gammal fåtölj.

Resten av huset var till bristningsgränsen fyllt med teknik. Vindsutrymmet, som på grund av den branta takresningen var nästan lika stort som våningen under, inrymde infokomutrustningen. Härifrån fanns länkar, både optiska och radio, till MIT:s anläggningar på andra sidan floden, länkar så kraftfulla att teknikerna kunde garantera full redundans för 1Gb/s över minst tusen noder samtidigt. Vad de skulle med all den bandbredden förstod jag aldrig, det borde räcka med några 100 Megs linor tyckte jag. Bottenvåningen såg ut närmast som intensivvårdsavdelningen på ett av de stora universitetssjukhusen. Jag hade bara varit där nere en gång, det var under rundvandringen dagen efter ankomsten.

Redan efter en kort stund hade jag känt mig illa till mods. En intensiv känsla av absurditet övermannade mig, vad gör jag här? Vad har allt detta med mig att göra? Jag kände att jag genast måste bort därifrån och förebärande plötslig trötthet återvände jag snabbt en trappa upp. I ett fåfängt försök att återkalla något av den fascination jag en gång känt då jag accepterade att delta i projektet, lade jag mig på sängen men det visade sig omöjligt att koppla av, nu blev istället allt bara till ångest. Uppgivet tog jag en av de sömntabletter jag fått av sköterskan med förmaningen att endast ta till natten och somnade genast.

Mycket tidigt nästa morgon satt jag redan vid fönstret djupt försjunken i tankar om allt det som hänt under min första tid här. Från början halvt frånvarande studerade jag fönstrens antika glasinfattning och ekbågarnas vackra ådring. De väckte minnen till liv från barndomen, då när jag brukade sitta uppkrupen i fönsterkarmen i min mors arbetsrum.

*

Jag tyckte om att sitta där och känna värmen från sommarsolen eller under kalla vinterdagar från radiatorn under mig. Till det trygga ljudet av mammas snabba fingrar över tangentbordet kunde jag därifrån överblicka och karaktärisera Kongens Have. Varje dag intog allt där nere högst olika tillstånd, träd, blommor, ljus och människor, det var som om allt det samlade livet i parken levde i symbios och i min fantasi blev den till en stor organism. På sommaren kunde den svettas, en kall och klar vinterdag andades den ut rök. Jag tyckte bäst om parken när den var glad, gladast var den vid den årliga karnevalen, då brukade jag själv vara där nere bland alla människorna. När jag blev lite äldre älskade jag att inta mammas plats vid skrivbordet när hon reste sig. Med hennes tillåtelse fick jag koppla upp mig och spela. Figurerna i datorn var oemotståndliga och en dag när jag var ensam hemma vågade jag mig, trots förbudet att vistas ensam i arbetsrummet, in till datorn, mamma hade ju sagt att jag fick använda den när hon inte behövde den och nu behövde hon den ju inte. När hon upptäckte att jag själv startat datorn blev hon arg på mig, min förtvivlan visste inga gränser, varför hade jag gjort det? Tänk om den gått sönder! Den natten sov jag oroligt, men nästa morgon tycktes mamma ha glömt alltihop och två månader senare, på min sexåriga födelsedag, fick jag min första egna dator.

*

När jag vaknade upp ur mina dagdrömmar väntade jag mig nästan att få se den gamla laptopen stå där på bordet framför mig, den som gjort mig så populär bland kompisarna, då jag tack vare mammas jobb på universitetet kunde koppla upp mig på dess snabba nät och därmed blev den ende som kunde köra de senaste filmerna direkt — plötsligt blev jag medveten om att det var hissens slammer som återkallat mig till verkligheten. Det var frukosten som var på väg upp! Dagdrömmarna hade fått mig att glömma tiden och nu hade jag inte en chans att hinna ta mig in i biblioteket för egen maskin. Nu skulle den outhärdligt effektiva sköterskan komma in och hjälpa mig över till rullstolen och in i biblioteket, något jag avskydde. Detta hade jag gjort helt klart för henne mer än en gång, vilket inte för ett ögonblick fick henne att undvika att göra det hon såg som sitt jobb. Två snabba, knack, knack innan hon öppnade dörren. Jag hyste en hemlig fascination över hennes förmåga att framstå som anspråkslös samtidigt som hon såg till att allt blev som hon ville, allt! En fascination som jag nu dolde bakom en öppen irritation.

"God morgon, frukosten är klar".

"God morgon". Jag var redan på väg från fönsterplatsen till rullstolen, men hann inte mer än en meter innan hon elegant sköt in rullstolen bakom mig. Man såg henne nästan aldrig, hon var mest en röst bakom min rygg, vilket ytterligare ökade på min irritation.

Tanya var en attraktiv blond kvinna, cirka femtio gissade jag. Hon såg ut att ha slaviskt ursprung, om det nu var äkta. Om hon låtit modifiera utseendet så var resultatet mycket smakfullt och tillräckligt påkostat för att inte kunna upptäckas. Hon var slank och långbent, inte direkt kurvig men mycket muskulös. Gym eller preparat? Jag ville inte fråga och kunde inte gissa. Utifrån hennes övriga karaktär kunde hon mycket väl vara en av de få som fortfarande byggde upp kroppen genom fysiskt arbete. Hon var en behagfull uppenbarelse, anblicken av henne hade i själva verket visat sig vara en av de få saker som kunnat få mig på bättre tankar sedan jag kom hit. Varför måste hon alltid springa bakom ryggen på mig, jag är fullt kapabel att sköta rullstolen själv. Irriterat tog jag över rullstolen när hon var på väg att parkera den vid bordet i biblioteket samtidigt som hon frågade:

"Vill ni ha er frukost nu? "

"Jag klarar det själv nu, tack", svarade jag kort.

"Glöm inte tabletterna, där är en gul som är ny för dagen".

"Och anledningen till det?"

"Det där låter jag diagnosenheten ta hand om".

"Du vet att jag vill veta vad jag äter och varför".

"Jag ber dem skicka upp en utskrift".

"Tack".

Hon stängde tyst dörren bakom sig när hon gick. Jag borde få henne utbytt, tänkte jag fortfarande irriterad, men visste att hon var bland de bästa som gick att få och risken att gå ur askan i elden vid ett byte var uppenbar. Jag rullade bort till matkassetten och aktiverade frukosten som bestod av något som kallades hälsochips, mest av allt såg det ut som gröt, men mot all förmodan smakade det bra. Till detta serverades två brödskivor med fruktsmak och ett stort glas C-vitamindryck; dessutom ett glas mineralvatten för pillerna. Måltiderna här påminde mest om maten de serverade under mitt första besök på plattformen. Jag var i och för sig fri att själv komponera enskilda måltider men då Medcenter måste ha kontroll på mitt dagliga födointag blev det så mycket enklare att acceptera den matsedel de presenterade.

Totalt var det tjugofem personer engagerade på heltid i projektet, hade jag fått veta. Två nyckelfigurer var de män som anlände tillsammans med Bill den första morgonen. Det var Mark Rosenberg som ansvarade för INFREG, leverans av data. Och Ramanujan — kan inte komma ihåg förnamnet, alla kallade honom bara Sad — som ansvarade för CAPPROC, uppsamling av data.

Sad var indier, ett av dessa mattegenier som av okänd anledning så ofta frambringades på den kontinenten. Sad behövde egentligen inte bekymra sig för mig, hans bekymmer började först när data levererades, men han hade redan från början envisats med att få förklara och redovisa sitt arbete. Denna, ibland, som i fallet med Sad, missriktade beredvillighet var en attityd som jag med tiden blev van vid, alla i projektet visade mig den största respekt, ja ibland nästan vördnad tyckte jag.

Vid Sad:s första genomgång saknade jag tillräckligt intresse för att följa hans ambitiösa försök att beskriva den enorma maskinkapacitet han förfogade över och

när det kom till det allra heligaste, den helt nya kvant-
datorn, saknade jag dessutom nödvändiga kunskaper.

"Hur ni skall kunna överblicka all denna infor-
mation, det förstår jag inte och när det gäller
kvantdatorer trodde jag de visat högst begränsad
användbarhet?"

"Det vi erhåller är resultatet efter statistisk bear-
betning. Utan den filtreringen skulle det inte vara
möjligt för ett mänskligt öga att finna mönster i bru-
set. Kvantdatorn, som du så riktigt påpekar, har visat
begränsad tillämpning, men där den kan användas är
den unik, här kommer den förhoppningsvis lösa en
del algoritmer som konventionella metoder inte rår
på", svarade Sad med ett brett leende.

"Har du tänkt på med vilken lätthet vårt förnuft
anammar och bemästrar sannolikheter i empiriska
undersökningar?"

"Det är väl en förutsättning på de nivåer vi här rör
oss". Sad verkade lite frågande.

"Vad jag tänkte på var den märkliga diskrepansen
mellan förnuft och känsla som här gör sig gällande.
Egentligen tycks vi inte vara skapade att ta ställning
till sannolikheter. Vi är fullt kapabla att analysera och
beräkna, men känslostyrda som vi är tycks vi helt
oförmögna att inkorporera dessa analyser i våra var-
dagliga liv. Vi har nog utvecklats till att hantera reella
händelser snarare än sannolika". Då Sad verkade när-
mast oförstående fortsatte jag. "Tag som exempel

75

mitt val av bosättning. Jag har ägnat större delen av mitt liv åt naturvetenskaplig teoribildning som får sin mening endast i ljuset av sannolikhetsanalys, likväl har jag valt att bosätta mig mitt i San Andreas förkastningen, sannolikt en av jordens farligaste platser att bo vid på grund av den stora jordbävningsrisken. Dessutom har, vid flera tillfällen, stora delar av omgivningen härjats av våldsamma skogsbränder. Det är endast närheten till havet som gör att mitt hus fortfarande står kvar. Likväl har jag aldrig funderat på att flytta. Förstår du vad jag menar?" Sad svarade undvikande, det var tydligt att han ville hålla sig till ämnet, det vill säga CAPPROC:s del i projektet.

Under en tepaus började vi samtala om våra gemensamma erfarenheter av det engelska universitetslivet. Trots nästan trettio års tidsskillnad och att vi studerat vid olika universitet visade det sig att vi hade förbluffande likartade sociala erfarenheter från studietiden. Samtalet väckte gamla minnen till liv och anekdoterna återupplivades, tiden gick och det blev inte mer information den eftermiddagen. I fortsättningen när Sad dök upp för att pliktskyldigast informera om ett eller annat, försökte jag alltid kamouflera mitt ointresse och komma undan genom att leda in samtalet på England.

För Mark däremot var läget helt annorlunda. Han var den som hade det medicinska ansvaret i projektet vilket förutsatte ett stort förtroende mellan honom och mig. Mark var yngst av dem, inte mycket över trettio gissade jag. När jag först fick veta att det inte var Bill men Mark som skulle ha den direkta dagliga kontakten med mig, greps jag till en början av en oro som dock snabbt försvann efter mitt första möte med Mark, han visade sig vara en följsam natur som det var lätt att få kontakt med, han tillhörde dem som alltid såg det positiva i varje situation. Jag kände mig lättad och måste än en gång beundra Bills osvikliga förmåga att hitta rätt man.

Mark ansträngde sig från första stund att skapa det nödvändiga förtroendet mellan oss och redan första veckoslutet blev jag bjuden på middag hemma hos familjen Rosenberg. Mark skulle komma och hämta mig klockan åtta på lördagskvällen. Han hade ursäktat sig att det inte kunde bli tidigare då familjen firade sabbaten. När han presenterade sin fru slogs jag av hur lika varandrade båda makarna var, lika långa, samma kroppskonstitution, samma sätt att röra sig. Deras båda barn var tvillingar, två ytterst livliga sexåriga flickor. Det var inte utan farhågor jag satte mig till bords, min tidigare erfarenhet av koschermat var inte uppmuntrande, men de serverade en utmärkt asiatisk grönsaksrätt med nudlar. Jag kunde inte låta bli att undra om de skulle ha ätit samma mat om jag inte varit där. Efter måltiden berättade Mark hur det gått till när Huxley värvat honom till projektet från Stanford. Det visade sig att familjen kommit till

Boston bara tre månader innan mig. Tydligen utan betänkligheter hade Mark accepterat erbjudandet från Bill, tagit med sig familjen och flyttat österut. Att få ett erbjudande från Semilabb är tydligen en fjäder i hatten, tänkte jag när jag hörde Mark berätta.

Besöket hos familjen Rosenberg hade tagit på mina krafter och jag lade mig att sova nästan genast efter hemkomsten, med resultat att jag vaknade flera timmar innan Tanya skulle komma upp med frukosten. Jag insåg det lönlösa i att försöka somna om, istället tog jag på mig morgonrocken och tog mig in i biblioteket, där jag, fortfarande påmind om England sedan samtalet med Sad, började söka bland mina fotoalbum. Fotoalbum, en företeelse som för länge sen blivit något mycket sällsynt. Sedan kameran blev något alla hade och använde för både foto och video hade paradoxalt nog dessa minnen slutat att bevaras. Medveten om värdet hade jag nogsamt tryckt upp allt av betydelse och kunde nu bläddra i denna bildskatt. Efter att ha hittat fram till ett album från Englandstiden slog jag mig ner vid bordet och började bläddra tills att jag hittade lite bilder som anslöt till det Sad och jag pratat om. En av bilderna fångade min uppmärksamhet. Den var tagen på den lokala puben där vi satt jag, Paul och Eric, en medelålders matematiklärare som Paul då bodde hos sedan ett år tillbaka. Vid bordet satt också två män som jag inte träffat tidigare men som jag trodde mig förstå var matematiker och vänner till Eric. Jag kom nu ihåg hur svårt jag hade att koppla av från min avhandling under den tiden.

*

Jag hade kört fast och arbetet hade stått stilla de senaste två månaderna. Mina olika uppslag hade börjat tryta och för första gången under mina sex år i Cambridge började jag känna en viss desperation.

"Du verkar disträ, kärleksbekymmer," frågade Eric skämtsamt.

"Det är ingen risk. Nej, det är avhandlingen som börjat kännas som rena sisyfosarbetet, jag har inte kommit ur fläcken på månader. Det känns som om jag fastnat i en labyrint, jag är säker på att det finns en utgång, men kan inte hitta den. Det är problemet med intentionalitet som tar kål på mig. Varje gång jag tror mig ha inringat dess betydelse dyker det upp nya hål i inhägnaden och jag måste börja om. Frågan har fått mig att omvärdera det mesta från enskilda cellers beteende till människans agerande".

"Begreppet känner jag till men när jag nu hör dig verkar det finnas något i detta som jag aldrig stött på, eller funderat över", svarade Erik. "Kan du ge något exempel?"

"I detta sällskap skulle man väl ge sig på matematiken, men låt oss välja något mer basalt, jägare-villebråd. Tänk er en frisk Thomsongasell mitt ute på savannen i den stekande middagshettan. Vilket djur skulle från något hundratal meters avstånd kunna jaga ifatt antilopen och döda den? Om man går igenom Afrikas stora predatorer kommer man fram till att det inte finns något sådant djur, men det finns faktiskt ett undantag, och det är människan. Människan kan naturligtvis inte springa fortare än gasellen men kan istället förfölja den — flera dagar i sträck om så behövs. Genom att konstant stressa djuret och aldrig ge det tid för återhämtning lyckas människan till slut vinna en till synes omöjlig kapplöpning.

"Som haren och sköldpaddan, men här lyckas sköldpaddan och det utan Xenons paradoxala felslut", inflikade en av matematikerna.

"Men vad har nu detta med intentionalitet att göra", frågade Paul.

"Allt! För att åstadkomma detta krävs intentioner av högre ordning, en mänsklig specialitet. Det är till exempel omöjligt för en människa att hålla jämna steg med en vuxen schimpans under en längre tid, bland annat därför att apan klarar sig med en bråkdel av den vätska vi måste ha, ändå skulle schimpansen aldrig kunna utnyttja sin förmåga till en liknande jakt då hans intentioner inte når bortom första, möjligen andra ordningen. En flerdagarsjakt kräver motiv som sträcker sig bortom nuet".

"Det där med olika ordningar av intentioner, vad menar du med det? Kan du beskriva", inflikade Eric.

"Lite förenklat kan man säga att enklare intentioner avser omedelbara behov eller önskningar av typen: här och nu. Den intentionaliteten kännetecknar nästan alla levande varelser, med få undantag, och den förefaller fungera enda ner på cellnivå. För att ta ett exempel på det senare finns det encelliga organismer vars förmåga inskränker sig till att skilja på ljus och mörker eller att känna av vattnets lokala kemiska sammansättning, men som likväl vid noggranna studier uppvisar förbluffande nivåer av avsiktligt handlande, vilka ju måste vara ett resultat av pågående enkla processer i den enskilda cellen.

Högre ordningar däremot, förutsätter framtida avsikter. Det lysande exemplet här är människan som lekande lätt hanterar många lager av sammanflätade avsikter. Nästan allt vi människor gör styrs av den senare typen av intentioner. Till exempel våra universitetsstudier".

"Okej, då är jag med".

"Grabbarna som håller på med kompilatorer har också bekymmer med intentioner. Det är tydligen ett besvärligt begrepp", sade en av de andra, en jättelik skotte vid namn Ian.

"Du vet inget närmare vad det är de håller på med," frågade jag nyfiket.

"Nej, egentligen inte, bara att de jobbar med att utveckla nya kompilatorer. Du känner inte till dem?" Det gjorde jag inte, men jag befann mig i ett läge då alla uppslag att komma vidare var välkomna varför jag beslöt att kolla upp vad det rörde sig om.

Efter lite sökande fick jag kontakt med projektledaren som motvilligt gick med på att träffa mig på institutionens kafeteria. Det var en något knubbig finländare med en rågblond kalufs spretande åt alla håll som mötte mig. Hans utseende utstrålade en godmodighet som stämde dåligt med det formella intryck han givit vid vårt telefonsamtal, eller för den delen det intryck han nu gav då han utan krusiduller gick rakt på sak på ett sätt som fick mig att känna mig ovälkommen.

"Jag är inte säker på att jag förstod vad du var intresserad av. Du var språkvetare?"

"Ja, biosemiotik. Jo, jag fick höra att ni i ert arbete stött på problem avseende intentionalitet. Själv är jag just nu intresserad av allt som kan kasta nytt ljus över detta begrepp och blev nyfiken på era problem. Hur kommer intentionaliteten in när man utvecklar program för kompilering?"

"Vi försöker utveckla en ny kompilator som kan hantera deontiska programspråk." Jag väntade på en fortsatt förklaring men då ingen kom blev jag tvungen att fråga:

"Är det där intentionaliteten kommer in?"

"Ja, det kan man väl säga. Vi försöker ersätta vad som *ska* göras med vad som *bör* göras och för att detta ska bli möjligt måste vi också införa en typ av målriktning".

"Om ni lyckas med detta, vad skulle det få för betydelse? Innebär det att datorns tolkning blir kontextberoende? Jag menar på ett sätt som vi skulle kalla att förstå?"

"Kanske inte förstå, men — jovisst, i viss mån förstå, ja".

"Den beter sig *som om* den förstod, eller?"

"Om vi lyckas framstår kanske skillnaden som mindre mellan datorns och vårt sätt att tolka, kanske mer som en fråga om komplexitet".

"Min uppfattning har hittills varit att det råder en fundamental skillnad mellan hur vi respektive datorn tolkar ett givet tecken. En dator är väl begränsad till logiska regler; jag menar den kan väl inte som vi, styras av sociala konventioner".

"Jag antar att det vi försöker åstadkomma är något i stil med att klä dina sociala konventioner i en logisk kostym".

"Ingen liten uppgift precis! Hur långt har ni kommit?"

"Inte långt, vi jobbar fortfarande med mycket grundläggande problem".

"Om detta kan tillämpas, vad väntar ni er då?"

"Det är långt dit men vi hoppas så småningom att få fram program som upplevs som mer intuitiva av användarna". Vi blev avbrutna av en yngre man som kom fram och frågade om han fick slå sig ner, detta samtidigt som han satte sig utan att vänta sig något svar.

"Jag har något jag måste prata med dig om", sade han, vänd till finländaren.

"Jaha, vad gäller det", frågade denne.

"Men vi ska kanske presentera oss först. Jag heter Clifford Caldwell och arbetar i Jarnos grupp". Mannen räckte fram sin hand mot mig med ett öppet leende. Det var en lång, smal, välkammad, välrakad och mycket välklädd man som tog min hand. I sin mörka kostym såg han ut mer som en av de unga mäklarna i City.

"Mousa Ringmark", jag tog Cliffords hand, "jag kommer från Saint John's och håller på med ett arbete i biosemiotik".

"Biosemiotik! Det där med tecknens betydelse är intressant. Jag har börjat tro att ditt ämne kanske kan öppna nya och framkomliga vägar".

"Jaså? Hur menar du då," frågade jag överrumplat.

"Hjälpa oss att bättre förstå vad det innebär att veta något". Finländaren verkade också förvånad över Cliffords entusiasm men fattade sig snabbt.

"Då kanske ni båda kan hålla kontakten. Om du ger Ringmark mer detaljerad information om det vi sysslar med kanske han kan lära dig något om biosemiotik". Det var uppenbart att finländaren här såg sin chans att slippa mig och mina frågor, men Clifford var genast med på noterna.

"Det låter som ett utmärkt förslag tycker jag", sade han vänd till mig som bara hade att hålla med.

"Bra! Nu måste jag iväg", sade finländaren.

"Jag *måste* prata med dig först", insisterade Clifford vänd mot finländaren samtidigt som han räckte mig ett visitkort och bad mig höra av mig under de närmaste dagarna. Jag gav honom mitt kort och gick därifrån med en känsla av att detta inte skulle ge något.

*

En solreflex från fönstret bländade mig vilket fick mig att återvända till nuet. När mina ben nu kändes som träpinnar förstod jag hur länge jag suttit försjunken i tankar. I ett försök att mjuka upp dem lyckades jag med bordskanten som stöd resa mig upp och stapla de få stegen fram till fåtöljen där jag genast sjönk ner. När jag vaknade hade det gått mer än en och en halv timme och det var dags för frukost. Efter att ha gjort ett misslyckat försök att häva mig upp ur fåtöljen bestämde jag mig för att vänta på Tanya som snart borde komma upp med morgonmaten.

FEM

På tisdagen andra veckan efter ankomsten skulle jag träffa Mark för att ägna hela dagen åt en genomgång av alla de praktiska frågor som omgärdade den återstående tiden. Mark, som förmodligen ville underlätta vad som måste bli ett mycket personligt samtal, föreslog att vi skulle träffas hemma hos honom. Efter att först ha accepterat hans förslag ändrade jag mig då jag under den följande natten drömde om olika katastrofscener upprullade inför Marks familj. Jag ringde upp Mark på morgonen och flyttade mötet hem till mig och bestämde mig för att efter frukost be människorna på undervåningen att fixa det jag trodde behövdes för att vi skulle få en bra dag i mitt vardagsrum.

När jag avslutat samtalet kändes det som att den katastrofstämning jag vaknat med började släppa, jag förflyttade mig in i biblioteket för att äta min frukost, men så snart jag försökte få i mig något kom oron och nedstämdheten tillbaka och dödade aptiten. Jag bestämde mig för att upprepa mitt bläddrande bland gamla Englandsfoton och fastnade naturligtvis framför en bild där jag poserade bredvid Cliffords Jaguar, en bil jag redan från början blivit fäst vid, jag kunde fortfarande uppleva den hisnande känsla det var att fara fram i den bilen. Första gången var när han körde mig hem från mitt besök i hans högst originella hem.

*

Det började med att Clifford ringde mig bara några dagar efter vårt första möte.

"Du skulle ju ringa mig".

"Jag har haft det lite körigt", drog jag till med.

"Kan du inte komma över till mig i dag på eftermiddagen", frågade han. Jag kände egentligen för att tacka nej, men kunde inte så där snabbt komma på någon anledning att avböja.

"Jo, det går väl bra". Cliffords adress tog mig till andra änden av stan. Jag fick gå en bit från bussen för att komma till vad som visade sig vara en industrifastighet. Från gatan syntes varken fönster eller någon ingång till den stora byggnaden. Porten i det plank som omgärdade tomten stod öppen och jag gick in på gården, en gård som var obeskrivligt belamrad med allsköns skrot: bilar, motorcyklar, motorer, datorer, ja till och med en gammal flygplanskropp i en enda röra. Genom allt detta löpte en gång fram till en stor garageport, bredvid porten fanns en ståldörr. Jag kände på dörren, den var låst, ingen ringklocka, och att knacka på en sådan dörr föreföll lönlöst. Övertygad om att jag fått fel adress beslutade jag mig ändå för att prova garageporten. Jag bultade kraftigt några gånger på den stora porten, om det var någon där måste de ha hört det, men inget hände och jag började gå mot gatan då ståldörren öppnades.

"Ursäkta mig, jag glömde att låsa upp dörren". När jag vände mig om stod Clifford där iförd overall. Jag blev ledsagad in i en stor intensivt upplyst maskinhall, fylld med gamla bilar och motorcyklar. En tredjedel av lokalen var avdelad med glasade stålväggar, innanför dessa fanns en uppsjö av datorer och elektronik.

"Jag samlar gamla motorcyklar och bilar", förklarade Clifford.

"Är allt detta ditt?"

"Ja", svarade han med ett brett leende.

"Bor du här också?"

"Ja, på övervåningen, entrén finns på baksidan, hade du ringt på där hade jag hört dig".

"Jaha, den missade jag".

"Är du intresserad av veteraner", frågade Clifford under tiden som vi vandrade genom lokalen.

"Jag har aldrig förr kommit i kontakt med några", svarade jag sanningsenligt. Egentligen blev jag intresserad när jag såg alla dessa vackra gamla fordon, men då jag inte visste något om veteranfordon kändes det dumt att svara ja. Vi nådde fram till det avgränsade utrymmet som såg ut som en datasal.

"Jag tänkte att jag skulle visa dig lite av vad vi håller på med", sade Clifford, samtidigt som han öppnade dörren och erbjöd mig att stiga in. "Hur van är du vid programmering?"

"Inte alls van, jag befinner mig på rena nybörjarstadiet".

"Okej, då ska jag använda bred pensel".

"Det låter bra".

Clifford gav mig en övergripande men mycket klar beskrivning av projektet, beledsagad av en mängd skärmdumpar fyllda med programkod varav de flesta var för avancerade för mig, men så mycket förstod jag att deras projekt befann sig i ett tidigt skede. När han kom in på problemet med intentionalitet kände jag igen tankegångarna, dessvärre föreföll dessa inte innehålla något jag inte redan kände till.

"Jag har börjat förstå vilken grundläggande egenskap intentionaliteten är, men också att den medför en subjektivitet som inte är förenlig med vårt västerländska vetenskapsideal. Det är väl det senare som gör mig villrådig", förklarade jag.

"Tror du att den riktadhet som intentionen medför är begränsad till levande organismer," frågade Clifford.

"Du tänker på om all materia skulle kunna vara riktad mot något mål?"

"Ja, just det, skulle det kunna vara så?"

"Jag skulle kunna tänka mig att tala om en riktadhet så långt ner som till den enskilda cellen, men där drar jag gränsen".

"Är det en principiell gräns?"

"Ja, faktiskt. På lägre nivå kan man snarare tala om disposition för en specifik och automatisk reaktion på ett givet yttre stimuli, men där saknas det oförutsebara som kännetecknar intentionella agenter".

"Men tänk om det är sådana enkla, automatiska som du säger, reaktioner som bygger upp det vi uppfattar som avsikter".

"Det må så vara, men av det följer inte intentionalitet. Den kommer i så fall in på högre nivå, kanske som en emergent egenskap. Det krävs en viss komplexitet för att kunna fungera målriktat och den komplexiteten finns inte under cellnivå. Om man antar ditt förslag tror jag man suddar ut en viktig och användbar gräns, utan den gränsen öppnar man för en beskrivning av tillvaron som ett rent fysiskt förlopp och det har jag svårt att acceptera".

"Om du har rätt ser det mörkt ut för oss", skrattade Clifford, utan att verka det minsta påverkad av mina argument. "Skall vi gå upp och ta en kopp te", fortsatte han.

"Ja, tack, det skulle smaka bra".

Clifford visade vägen ut till den entré som jag tidigare inte upptäckt. Förutom dörren in mot maskinhallen fanns här också en spiraltrappa upp till det innertak som täckte datasalen. När vi kom upp för trappan visade det sig att detta tak också bildade golv till Cliffords bostad, en bostad som bestod av ett enda stort rum med en mindre avdelad sovalkov i ena hörnet och en köksinredning längst en av de två väggarna, övriga väggar saknades, här avgränsades rummet endast av ett midjehögt räcke som vätte ut mot maskinhallen. Allt bidrog till ett mycket öppet intryck trots den totala avsaknaden av fönster. Bostaden flödade i samma blåaktiga ljus som resten av lokalen, ett ljus som kom från rader av dagljusrör. Våningen var inredd med moderna designmöbler som gav ett smakfullt och dyrbart intryck, ett intryck som stod i bjärt kontrast till den belamrade bottenvåningen. Jag slog mig ner och blev bjuden på grönt te, serverat i vad jag trodde var japanska porslinsskålar.

"Du tror alltså att det finns något principiellt oåtkomligt i vår värld," frågade Clifford.

"Jag är inte säker på att jag förstår din fråga".

"Jo, det du nämnde där nere, att du inte kan tro på en materiell förklaringsmodell".

"Nej, inte på en enkel materiell modell, som utgår från att vi logiskt eller empiriskt kan koppla bestämda mentala tillstånd till andra bestämda fysiska tillstånd".

"Innebär det att du är dualist?"

"Nej, jag är inte dualist".

"Du tror varken på materia eller på ande! Nu får du förklara", sade Clifford med ett leende.

"Om vi tar ett bisamhälle fungerar det som ett självorganiserande kaos där varje bi reagerar självständigt på omgivningen, men inom givna ramar, ramar som sätts av bisamhället. Det enskilda biet besitter ingen intelligens och kan knappast tillskrivas andliga kvaliteter, men via en oändlig mängd av tecken, fysiska såväl som kemiska, byggs det upp en hög grad av kollektiv intelligens. Försök tänka dig en person som ett bisamhälle, och ersätt bina med cellerna i vår kropp. Den modell du då får av personen kan inte beskrivas som vare sig materiell eller metafysisk".

"Det är ju det jag sagt hela tiden! Problemet med intentionaliteten har sina rötter i en bristfällig kaosteori", utropade Clifford.

"Jag vet inte mycket om kaosteori, mina tankar har nog rört sig mer kring ontologi än kaos".

"Du vill dra in metafysiken medan jag vill eliminera den", skrattade Clifford.

"Jag ser bara inte hur den kan kringgås. För att förklara människan som social varelse räcker inte längre bisamhället som modell. – Vår värld är något mer än en kultiverad natur".

"Hur vill du beskriva världen?"

"Världen som vi upplever den tänker jag mig mer som en existentiell splittring mellan olika berättelser. Som biologiska varelser innehåller vi vår naturhistoria, samtidigt har vi som sociala varelser kastat oss ut i en kulturell virvel där detta biologiska subjekt försvunnit ur sikte".

"Vår natur leder till ett moraliskt dilemma, menar du?"

"Ja, om vi inte lyckas förena de båda leder de till en inre splittring."

"Men har inte det varit människans ständiga följeslagare sedan tidernas begynnelse ..., denna splittring, menar jag?"

"Jo, men gapet mellan natur och kultur tycks hela tiden öka och därmed minskar möjligheten att skapa en konsistent världsbild. Kanske är det först med moderniteten som problemet blivit kritiskt".

"Vari ligger svårigheten att förena dem, enligt dig?"

"Naturen, här i form av vår hjärna, ger oss kunskap om den värld vi ser. Samtidigt matar oss hela tiden kulturen med berättelser om samma värld. Att förena detta, det kognitiva och det narrativa, så att det blir till en konsistent världsbild blir existentiellt nödvändigt. Och detta, menar jag, blir till en ontologins gordiska knut".

"Och att lösa upp den tillåter inte gudarna", sade Clifford med ett leende, "och någonstans där på vägen stupar våra förhoppningar om en artificiell intelligens?"

"Ungefär så, men det hindrar ju inte alls möjligheten till fantastiska framsteg inom ert område".

"Tack för det! Någonstans i bakhuvudet känns det som att du kan ha rätt, men ändå inte, att det trots allt bara är en fråga om komplexitet".

"Vi kan vara överens om att det inte finns någon ande i maskinen, men tänk om det heller inte finns någon maskin", svarade jag med ett leende samtidigt som jag reste mig. "Du ska ha tack för genomgången och för ett mycket givande samtal", sade jag sanningsenligt, "men nu måste jag ge mig av, jag har en kvällsföreläsning om en timme".

"Hur kom du hit?"

"Buss".

"Jag kör dig tillbaka, måste ändå provköra E-typen".

Det blev en smått hänsynslös färd genom Cambridge i en mer än femtio år gammal Jaguar. Clifford pratade på hela tiden, om bilen i allmänhet och i synnerhet dess tändsystem, som han just renoverat. Farten, vinden, ljudet, ja, hela upplevelsen tog andan ur mig och jag lyckades inte uppfatta mycket av vad Clifford pratade om, men när han stannade för att släppa av mig tyckte jag färden varit alltför kort.

"Vilken fantastisk bil! Jag åker gärna med fler gånger", utbrast jag spontant. Clifford kunde inte dölja sin belåtenhet över min reaktion och jag trodde honom när han svarade:

"Inga problem, jag hör av mig". Och så blev det, Clifford hörde snart av sig och vi kom att utveckla en vänskap som bestod under resten av Cambridgetiden. Det var genom vänskapen med Clifford som jag utvecklade mitt intresse för motorcyklar.

Umgänget med Paul hade avtagit efter brytningen

94

med Gertrud. Det hade därför gått flera månader efter mitt första möte med Clifford innan jag fick tillfälle att presentera Clifford och Paul för varandra. Clifford dök oanmäld upp en sen eftermiddag när jag var på väg ut för att träffa Paul, jag erbjöd honom att följa med och han tackade ja. Jag hann inte mycket mer än presentera dem för varandra, innan Paul, sin vana trogen, började propagera för sina åsikter i miljöfrågan, och Clifford som alltid var pigg på en diskussion nappade genast.

"Alla är vi väl oroade för miljöpåverkan men frågan är hur vi ska veta vilka åtgärder som kan förhindra oönskade effekter", sade Clifford.

"Det är mycket lätt! svarade Paul genast. Om man inte känner till konsekvenserna ska man avstå, det kallas försiktighetsprincipen".

"Jag vet, jag är bekant med den, men tror inte på den. Det går inte att förutse konsekvenserna av en viss handling på det sättet".

"Jag förstår inte? På samma sätt som man bör avstå en stor ekonomisk risk, säger försiktighetsprincipen att man bör avstå om miljörisken är alltför stor".

"Vi är beredda att ta stora ekonomiska risker inför möjligheten att göra stora vinster. Marknadens dynamik bygger på ett kalkylerat risktagande", svarade Clifford.

"Det är skillnad på att riskera pengar och att riskera miljön. Vi har inte råd att spekulera med miljön som insats, där måste vi veta vad vi gör!"

"Men det är ju just det, vi kan aldrig veta, vi kan bara tro och det räcker inte".

"Varför räcker inte det menar du? Även om man har fel och det senare visar sig att farhågorna var överdrivna är ju ingen skada skedd jämfört med om man bara väntar och ser vad som händer. Det har ju visat sig inte bara dyrt men ofta omöjligt att rätta till skador på miljön efteråt", svarade Paul oförstående.

"Det är sant, men om vi utgår från att vi inget kan veta om framtiden är faktiskt möjligheten stor att din försiktighet kommer att leda till minst lika mycket skada. Och den risken ökar avsevärt om man, som så ofta, vidtar aktiva motåtgärder i preventivt syfte".

"Nu fattar jag inte hur du menar! utbrast Paul. Om vi ser till att lämna naturen ifred, hur kan vi då skada den?"

"Du glömmer att vi är en del av naturen. Idén att lämna naturen orörd saknar mening för mig".

"Att lämna asteroidbältet orört saknar inte mening för mig!"

"Nej, i och för sig inte, men det blir väl då till priset av att vi måste exploatera någon annan resurs istället och då är vi tillbaka till frågan hur vi ska veta vilken väg som är bäst".

"Varför måste vi exploatera något annat? Är det en naturlag att människan måste exploatera naturen?". Paul tittade på Clifford med ett ironiskt leende.

"Det tror jag att det är. I sin förlängning skulle ett

totalstopp för utnyttjande av naturresurser innebära civilisationens undergång och det är väl inte din avsikt? Jag menar – ytterst är väl målsättningen med miljöarbetet vår överlevnad?".

"Ja, just det! Vår överlevnad! Det är det allt hänger på, ska vi överleva måste vi bibehålla den ekologiska balansen".

"Vad jag försöker säga är att vi utan djupare kunskap om detta system inte förmår att kontrollera den balansen".

"Men det måste väl vara bättre att göra så gott man kan än att inte göra något alls. Det tycker i alla fall jag!" svarade Paul irriterat.

"Som jag sa kan din väg vara riskfylld. Låt mig ge ett exempel för att visa hur jag tänker: Sedan tjugofem år tillbaka bedriver FN ett projekt som går ut på att bevara den genetiska mångfalden. Så vitt jag förstår har vi inte den ringaste aning om dess långsiktiga konsekvenser på ekosystemet. Och detta, att vi vidtar så drastiska åtgärder utan kunskap, skrämmer mig".

"Så du blir rädd av att vi försöker rädda utrotningshotade arter?"

"Det är det att vi inte vet vad vi gör som skrämmer mig. Ekosystemet är ju en i högsta grad dynamisk process, att arter dör ut och nya dyker upp är ju inte bara naturligt men absolut livsavgörande. Hur vet vi vilka effekter våra ingrepp kan få på sikt? Att syftet är gott gör inte automatiskt handlingen mindre farlig".

"Med din fatalistiska syn skulle jag inte orka leva!"

"Men jag är inte fatalist, jag påpekar bara svårigheten i att förutse framtiden, något ni miljökämpar gärna blundar för, ni tycks tro att en god vilja kan kompensera bristande kunskaper, men då tänker ni fel, ett tankefel som i värsta fall kan visa sig bli rent kontraproduktiv".

"Det skulle vara intressant att få höra hur du själv agerar mot miljökatastrofer", svarade Paul, demonstrativt syrligt. "Men det får bli en annan gång för nu måste jag vidare, vi ses". Han reste sig upp från bordet och lämnade hastigt lokalen, synbart irriterad.

Jag hade suttit tyst och lyssnat under hela deras ordväxling. När jag flyttat blicken mellan dem tyckte jag mig se två helt olika världsbilder, men med ett gemensamt mål, en bättre värld för människor att leva i. Det var angreppssättet som skapade skillnaderna, inte målsättningen. Själv tyckte jag mig genomskåda Pauls ganska grunda sociala världsbild, men jag kunde samtidigt inte dela Cliffords alltför materiella syn på världen. Måhända stod jag som åsnan mellan hötapparna, men det var i så fall en nöjd åsna. Det var där jag då ville befinna mig, det var där jag hade den rörelsefrihet som jag såväl behövde.

*

Så var det för femtio år sedan, när jag fortfarande var ung och såg de möjligheter friheten gav, men ännu inte konfronterats med det herkulesarbete det var att bära på denna frihet. Jag ställde undan fotoalbumet i samma stämning som jag tagit fram det och återvände till den nu kalla frukosten. När jag efter en halvtimme inte hade lyckats få i mig mer än en skiva bröd och ett halvt glas juice gav jag upp och återvände till min fönsterplats i sovrummet för att där försöka häva mig upp ur det mentala mörker natten efterlämnat. Istället, som det ofta blir, väckte tillståndet andra mörka minnen till liv och snart var jag tillbaka i Bryssel femtiofem år tidigare. Det var dit jag kom efter avslutade studier i Cambridge.

*

Jag kommer fortfarande ihåg min anställningsintervju i EU högkvarteret, dels för att det var min första anställning, men mest för min reaktion på EU-tjänstemannens beröm. Han uttryckte sin beundran över min framsynthet när jag valde biosemiotik som ämne för min avhandling. Medan jag tackade honom för lovorden tänkte jag för mig själv att det nog snarare var min fars otrohet än min egen framsynthet som lett fram till valet av ämne för min avhandling. Tjänstemannens kommentar hade framkallat minnet av det där ödesdigra mötet i Yorks passage, därav min reaktion.

Efteråt kom jag alltid att betrakta tiden i Bryssel som en mellanperiod i min professionella karriär. Icke desto mindre var det under denna period jag genomgick den mest plågsamma förändringen och kanske mest omvälvande utvecklingen under mitt liv. Den

99

akademiska miljön jag dittills levt i, där allt mättes med kunskapens mått, ersattes nu av en miljö genomsyrad av byråkrati och politik. Den organiska struktur som var en så framträdande egenskap hos Cambridge uråldriga universitet ersattes här av en i det närmaste totalt artificiell miljö. Här var allt, även estetiken, märkt av en förment rationalitet. Ibland roade jag mig med att föreställa mig det hela som ett dataspel när jag gick omkring i dessa oändliga korridorer, att se på myllret av mörka kostymer och strikta dräkter som deltagare i en gigantisk 3D-variant av Packman, något som några år senare kom sanningen nära när någon skapade VR-spelet "The Kommission" där det gällde att tillskansa sig makt genom lobbyverksamhet.

Bryssel erbjöd från början en arbetsmiljö jag inte trivdes i, en miljö där jag kände mig kringskuren i mitt arbete. Där blev det efter hand alltmer uppenbart att det fria forskningsfält de beskrivit och som fått mig att acceptera anställningen, i själva verket omgärdades av osynliga men mycket konkreta och ogenomträngliga murar, vars syfte var att begränsa möjliga resultat till det som var politiskt acceptabelt. I brist på stimulans i arbetet och med pengar på fickan började jag frekventera Bryssels lyxkrogar, snabbt drogs jag in i stadens sociala virrvarr, med dess speciella atmosfär, skapad av alla de veckopendlare som befolkade staden. Här fanns en laddning mellan människorna som till en början attraherade mig, här var man främmande och anonym och kunde bekymmerslöst hänge sig åt utsvävningar otänkbara på hemmaplan. Detta var ett drivhus för erotiska erövringar. Jag fick nu uppleva en kvinnlig aptit på sex som jag aldrig tidigare varit med om och slumrande begär väcktes till liv inom mig. De enformiga arbetsdagarna bleknade bort i samma takt som nätterna lystes upp av färgstarka kvinnor, jag vandrade omkring i ett erotiskt lyckorus, men ganska snart började nyheterna ersättas av rutin. Upplevelsen av fyrverkeri i olika kvinnors sängkammare bleknade alltmer, istället smög sig allt oftare en känsla av skämd atmosfär in vid dessa möten. Det moraliska vakuum som alla tycktes röra sig i blev till en otäck känsla hos mig. Som om den organisatoriska och estetiska bristen på harmoni vore smittsam, tycktes människorna reduceras till begär, till människor vars syften inte sträckte sig bortom den egna tillfredsställelsen. Jag började känna mig alltmer insvept i det kvävande artificiella täcke som vilade över denna stad. En tidig morgon då jag vandrade hem längst folktomma gator, kroppsligt och mentalt utmattad, från ett av dessa möten där timmar av intensivt kopulerande bara efterlämnat en fadd smak i munnen, stannade en taxi just framför mig och en kvinna steg ur. Det som först fångade min uppmärksamhet var det ihåliga ljudet av en damklack mot den hårda gångbanan, innan jag blev medveten om det hade mina sinnen vaknat till liv och blicken fångat in en svart sandal på väg ut ur taxin, min blick sökte sig snabbt upp längst en välformad vad och hann precis fånga en glimt av naken hud ovanför strumpan, blottad när hon gled ur bilen, benen särades och kjolen gled upp. Jag kände den styva lemmen skava mot byxorna. Är detta verkligen normalt, tänkte jag förundrat. Efter en hel natts desillusionerande fysisk uttömning behövdes inte mer än en kort kjol, urringad klänning eller ett vackert leende för att väcka detta oförminskade, tillsynes aldrig sinande, begär inom mig. Jag ökade på mina steg, jag ville bara hem. I en känsla av yttersta utmattning gick jag direkt till sängs men kunde likväl inte somna.

Händelsen på hemvägen hade sått ett frö som snabbt slagit rot och inte lät sig drivas bort. Höll jag på att förlora kontrollen över mig själv? Denna mycket oroande tanke malde nu inom mig och höll mig vaken. Situationen kom att kännas alltmer ohållbar, så mycket mer som jag fann mig oförmögen att ta mig ur den, tvärtom växte detta allt överskuggande begär hela tiden inom mig. Det kändes som att begäret hotade uppsluka mig, samtidigt som omvärlden krympte och tedde sig alltmer distanserad och främmande. Varje ny erövring blev nu bara till samma banala upplevelse, i samma ögonblick målet var uppnått, när hon låg där öppen framför mig försvann allt det som drivit mig dit. Illusionen sjönk ihop som en misslyckad sufflé. Jag såg till slut bara en enda möjlighet att bryta denna, som jag upplevde, onda cirkel — jag måste lämna Bryssel så snart som möjligt, en tanke som när den väl fått fäste bara växte sig starkare.

Någon vecka tidigare hade jag läst en artikel i Scientific American under rubriken "Communication during continuous space operations". Den behandlade till synes nya kommunikationsvanor mellan människor som befann sig längre tider i rymden. Detta hade fångat mitt intresse och jag tog nu kontakt med NASA för att få veta mer. Det slutade med att jag erbjöds två års anslag för att närmare studera fenomenet, glad att kunna lämna Bryssel tackade jag genast ja. Då jag redan från början haft kontakt med folk från Marshall Space Flight Center i Alabama, och det var därifrån pengarna kom, beredde jag mig på att tillbringa två år i den amerikanska södern, helt ovetande om vad som väntade. Det var inte förrän jag ombads att ta kontakt med EAC i Köln för en hälsokontroll som jag började undra. EAC var så vitt jag visste träningsläger för europeiska astronauter? Jag ringde dit och kom överens om en tid. Undersökningen skulle ta fem timmar, fick jag veta, anledningen, som var det jag mest undrade över, föreföll damen i andra änden så självklar att jag inte kom mig för att fråga. Istället tog jag kontakt med Huntsville. Det visade sig då att jag redan nästa år var inplanerad för ett sex månaders besök på Cakra, den nya kommersiella rymdplattformen. Rymdvistelse! Något jag aldrig ägnat en tanke, men som jag nu accepterade, ja, rent av, när den första överraskningen lagt sig och jag insåg möjligheterna, uppfattade som en skänk från ovan. Att 31 år gammal, med avhandlingen som enda merit, få detta erbjudande var något jag aldrig i min vidaste fantasi kunnat föreställa mig.

SEX

P åsken 2027 reste jag från Bryssel för att besöka
mina föräldrar i Köpenhamn. Då jag kommit att
uppleva atmosfären i hemmet alltmer påfrestande,
hade det gått nio månader sedan förra besöket. Denna
atmosfär av två människors misslyckande, den gick
inte att beskriva som spänd i ordets vanliga betydelse,
snarare som en tjock och seg laddning som fyllde hela
huset, men det var en laddning av uppgivenhet och
likgiltighet, en laddning som aldrig skulle kunna bri-
sera, den var död och oanvändbar — som vått krut.

Vad hade de gemensamt, denne turkiske handels-
man och denna engelska idealist? Återigen väcktes
denna fråga inom mig, en fråga jag aldrig skulle finna
något egentligt svar på. De hade båda ett starkt enga-
gemang i samhällsutvecklingen som, även om den
med tiden bleknade, aldrig försvann helt. Det blev
med tiden alltmer tydligt att detta engagemang förde

dem i motsatta riktningar. Min fars en gång sekulära hållning visade sig vara en uppflammande eld som snabbt falnade och efterlämnade inget mer än en ask-hög och ersattes med tiden av en alltmer traditionell ståndpunkt, detta var en förändring som i sin tur tyck-tes påverka min mor på ett sätt som fick henne att uppleva sina egna, i grunden anglikanska, värden som viktigare än någonsin. Resultatet blev ett förhållande präglat av konflikt och splittring. De föräldrar jag därigenom växte upp med var en far som lämnade famil-jen och gick upp i sitt arbete och en mor som lyckades vara överallt. Kanske var det så att det kitt som höll dem samman — den en gång så starka och ömsesidiga förälskelsen, som min mor så levande beskrivit i sina tidiga dagböcker — så småningom kom att bestå av den turkiske mannens bekvämlighet och den engelska kvinnans pliktkänsla.

Det var möjligtvis min fars nya placering i Köpen-hamn som kom att bestämma deras vidare öde. När han blev erbjuden en tjänst som handelsattaché vid ambassaden i Köpenhamn med omedelbart tillträde, blev de tvingade att i hast avgöra sin gemensamma framtid. Resultatet blev att de gifte sig i London två veckor innan de flyttade in i sitt nya köpenhamns-hem, våningen på Gothersgade som kom att bli deras hem för resten av livet. Innan ett år hade gått föddes jag, som blev deras enda barn. Under många år pend-lade de, mamma till Sverige och pappa till Tyskland, men jag kan inte minnas att de någonsin på allvar övervägde att lämna Köpenhamn eller våningen på Gothersgade. Nu efteråt förefaller detta paradoxalt då de aldrig någonsin anpassade sig till det danska samhället. Hemma talades det alltid engelska, mamma lärde sig förvisso både danska och svenska på kort tid men pappa lärde sig aldrig mer än hjälplig danska under alla år. Senare upplevde jag alltid mitt barndomshem som en ö utan någon fast förankring i någon kultur, jag hade en känsla av att det egentligen inte spelade någon roll för dem var de bodde och när det nu råkat bli Köpenhamn kunde de lika väl stanna där.

Frånvaron och bristen på deltagande från min pappa uppvägdes alltid av mammas ständiga närvaro. Under min tidiga barndom var det min övertygelse att alla barn hade det så. Pappa träffade man bara vid matbordet — han jobbade, fick man veta — medan mamma alltid var tillhands. Det var först i skolåldern jag förstod att även mamma jobbade. Som jag kunde minnas henne var hon alltid där, varje morgon innan skolan och oftast när jag kom hem på eftermiddagen. Hur hon däremellan hann uppfylla sin undervisningsplikt i Lund framstår som obegripligt. Hon var på många sätt enastående, denna kortväxta spensliga mycket energiska kvinna. Hon var inte vad man brukar kalla vacker, men alltid, även på ålderdomen, mycket intagande, en person vars hela väsen genomsyrades av den engelska småborgerlighet i vilken hon växt upp. Hennes stora passion var litteraturen, en passion så stark att hon uppfattade sin lektorstjänst på engelska institutionen vid Lunds Universitet som ett fritidsintresse snarare än ett jobb. Hon hämtade sin okuvliga energi ur en fast tro på Gud, det var väl till stor del denna tro som kom att prägla min uppfostran. Om jag skulle peka på någonting som jag fått i arv efter föräldrarna så var det mammas känsla för plikt och rätt.

Min far var under min uppväxt mycket mer av en gåta och är så än i dag, även om jag fått veta lite mer sedan dess. När han nu fick höra om mitt förestående rymdäventyr visade han upp en oväntad entusiasm. Detta förvånade mig då han tidigare aldrig visat minsta intresse för vetenskap och för övrigt sällan gav några uttryck för sina känslor.

"Man räknar med en enorm marknadspotential inom detta område och alla vill vara med. De tidigare antagonisterna Kina och Indien har slagit sig ihop och satsar väldiga resurser här. Det är därför den nya rymdstationen fick ett namn ur den buddhistiska religionen", berättade fadern med iver i rösten. Jag häpnade över hans iver och sakkunskap.

"Hur i hela världen vet du allt detta?"

"Vi räknar med stora handelsmöjligheter i framtiden och följer utvecklingen noga. Kan du få fotfäste i den branschen har du din framtid tryggad". Det förklarade saken, hans entusiasm emanerade ur rent kommersiella överväganden. Min mor blev så överraskad — av nyheten, men också av den effekt den fick på hennes man, antog jag — att det gick en lång stund innan hon kom sig för att säga något.

"Måste man inte vara atlet för att klara sig däruppe", frågade hon utan att kunna dölja sin irritation.

"Det var längesedan. Rymden befolkas nu mer av universitetsfolk än av astronauter".

"Men hur kan man leva däruppe? Jag menar, det finns ju inga möjligheter till ett normalt socialt liv". Det fanns ett avståndstagande i hennes sätt att fråga som avslöjade hur upprörd hon var. Jag valde att svara i en ton som om jag ingenting märkt.

"På Cakra finns helt nya möjligheter till rekreation. Det finns förhållandevis stort utrymme för gemensam fritid och alla har ett eget krypin". Hon svarade inte men det var uppenbart att hon inte lät sig bevekas, det var något som väckt ett starkt ogillande hos henne, osäkert vad. Var hon bara orolig för mig eller var det faderns reaktion som framkallat denna aversion? På tredje dagens morgon lämnade min far hemmet mycket tidigt för att flyga till Berlin. Ensam med mamma vid frukostbordet tog jag tillfället i akt att försöka vinna klarhet i hennes beteende.

"Hur är det? Jag tycker inte du varit dig själv dessa dagar", började jag lite avvaktande.

"Detta vansinniga företag att befolka rymden! Det är inget annat än hybris i tron på pengars allena saliggörande makt". Svaret kom snabbt och häftigt, som utsläppta under högt tryck strömmade orden fram. Detta var ett ställningstagande som i och för sig låg i linje med hennes livssyn där människans andlighet var det nav kring vilket livet rörde sig, men ändå... Denna häftighet, nej snarare oförsonlighet, som annars var henne så främmande, vad var källan till den? En fråga jag aldrig fick något svar på, men som med ens blev så levande igen när jag långt senare upptäckte att det var vid denna tid hon slutat att skriva dagbok. Under resten av veckan underlät hon inte för ett ögonblick att ge uttryck för sitt avståndstagande, inte bara inför mina planer men för själva tanken på människans kliv ut i rymden.

Pappa återvände från Berlin trött och blek, förklarade att han arbetat för mycket, kände sig utmattad och behövde vila. Jag blev mycket förvånad, det trodde jag aldrig att jag skulle höra från honom, denne obotlige arbetsnarkoman. Han återhämtade sig emellertid snabbt, för redan två timmar senare gav han sig iväg till ambassaden. När han återvände, sent samma kväll, kom han direkt in i vardagsrummet där vi satt framför TV:n. Efter en kort tystnad föreslog han med frågande tonfall att vi alla tre skulle äta middag på D'Angleterre nästa kväll. Jag tackade ja medan mamma med öppen undran tittade på sin man.

"Är det något speciellt," frågade hon.

"Nej, jag tyckte bara vi kunde fira lite nu när Mousa

110

är på besök".

"Blir det bara vi tre?" Hon tycktes inte tillfreds med hans svar.

"Ja, en familjemiddag. Passar inte morgondagen? Eller kanske du vill föreslå någon annan restaurang?"

"Nej då, det blir bra imorgon på D'Angleterre". Hennes förvåning var uppenbar, men också jag blev överraskad över den ödmjukhet med vilken han lagt fram sitt förslag, det var sannerligen inte likt honom.

Middagen avlöpte väl och morgonen därpå återvände jag till Bryssel. Jag hade nu lite mer än ett halvår på mig att avveckla mina åtaganden där. Den sista veckan i maj ringde min mor och väckte mig strax efter att jag somnat. Upprörd, men samlad, förklarade hon att min far några timmar tidigare drabbats av en hjärtinfarkt och förklarats död vid ankomsten till Rigshospitalet. Efter samtalet blev jag sittande i sängen en lång stund. Min far var död! Det var så oväntat, jag hade svårt att uppleva det som verkligt, kände mig bara helt känslomässigt domnad. Fan! Jag känner mig som första gången jag rökte en joint, sa jag till mig själv med irriterad förvåning. Jag steg upp, gick ut och tände i köket, värmde en stor mugg vatten, kom fram till att kaffet var slut, men hittade till min lättnad en portionsförpackning snabbkaffe. Med den rykande muggen i handen återvände jag in i vardagsrummet, där jag utan att tända ljuset sjönk ner i soffan. Denna kärnfriska arbetshäst och så plöts-

111

ligt dör han, bara sexti år gammal! Jag drack ur mitt kaffe och återvände till sängen i förväntan om en sömnlös natt, men somnade i samma stund jag lade huvudet på kudden.

Jag befinner mig på någon nattklubb, helt obekant, inget ställe jag känner till. Vid ett bord långt in i lokalen sitter en holländska, som jag tillbringat en natt med något år tidigare, i livligt samtal med min far! Hon är minnesvärd om inte för något annat så för det sätt på vilket hon presenterat sitt renrakade venusberg. En stripteaseföreställning följd av ett långvarigt förhärligande av sitt eget sköte, helt förfelad då den traditionella rollen som fetisch kom att helt förblekna i hennes glödande framhävdande och därmed förlora all sin dragningskraft. Nu sitter denna kvinna där borta och gestikulerar till min far! Vad gör han här? Och med henne! Kvinnan är helt naken vilket till min förvåning ingen annan tycktes lägga märke till. En annan sak som förbryllar mig är att jag trots den höga ljudnivån i lokalen utan problem kunde höra deras konversation, eller rättare sagt hennes monolog — min far yttrar ingenting under hela tiden — den består av en lång detaljerad redogörelse för den laserbehandling hon använt för att få fram en absolut slät och mjuk hud på sitt venusberg. Beskrivningen sker i ordalag som antyder att min far givit henne mycket beröm just för detta. Förbittrad över hans beteende lämnar jag lokalen och går in i Gertruds sovrum, där

112

jag plötsligt blir medveten om den starka förtvivlan som gripit mig. Rummet känns iskallt, snabbt sliter jag av mig kläderna och kryper ner till henne under täcket där hennes varma kropp genast omsluter mitt kalla inre och ett rofyllt lugn inträder. Med huvudet nerborrat i hennes hår hör jag hur hennes andning blir häftig, men märker också hur hon försöker lägga band på sina annars så häftiga sexuella känslor, jag vänder på ansiktet och vidrör henne försiktigt med mina läppar och låter dem sakta glida upp längst hennes kind, lyfter på huvudet för att kunna betrakta hennes ansikte och finner mig stirrande ner på ett främmande ansikte, fuktigt av svett och förvridet av begär. Vem är du! Utropar jag förvånat, innan det oerhörda träffar mig. MAMMA!

Som träffad av en elektrisk stöt for jag upp. Klarvaken, med full erektion och häftig hjärtklappning, fann jag mig liggande på knä i sängen. Det tog en stund innan jag förstod att jag vaknat ur en dröm..., en hemsk mardröm. När jag tittade på klockan hade den hunnit bli halv fem. Jag hade bara sovit tre timmar men kände nu att jag inte skulle kunna somna om, det var lika bra att gå upp och packa det nödvändigaste och försöka komma med ett tidigt plan till Köpenhamn.

Under begravningsceremonin kände jag mig bara överflödig, ceremonin gav intryck av att varken jag eller mamma ingick i imamens hokuspokus. Jag fick påminna mig själv om den totala okunnighet jag be-

113

satt inför denna muslimska ceremoni och förstod att mitt intryck mycket väl kunde bygga på missuppfattningar från min sida. Min mor var tagen av stunden, det märkte jag — mer än jag väntat mig. Senare samma kväll när vi satt och pratade om pappa och jag berättade att jag inte kunde minnas en endaste gång då han försökt skapa kontakt med mig, fick jag för första gången en förklaring till hans attityd. Mamma började då berätta:

"Det var inte så att han inte brydde sig. Det var jag som var orsaken till hans beteende".

"Du, hur då menar du?"

"Han var mycket engagerad under dina första levnadsår. Det var när du skulle börja skolan. Han ville att du skulle börja i en muslimsk skola men jag sade nej. Från början trodde han inte att jag menade vad jag sagt, att det trots allt skulle gå att övertala mig. När han förstod att jag menade allvar och var orubblig, blev han först villrådig, när han sedan insåg konsekvenserna övergick det i förbittring, en känsla riktad mot mig som aldrig skulle försvinna. Han blev tvungen att gå med på mitt krav på en icke-konfessionell skolgång men familjeförhållandet blev aldrig som förr efter det".

"Mellan er?"

"Ja, men också hans roll i familjen blev därefter en helt annan, det var det du märkte av och såg som ointresse".

"För honom var en icke-konfessionell uppfostran

detsamma som en felaktig, tänkte jag högt".

"Du kände honom trots allt".

"Inte då, då visste jag bara att han inte brydde sig".

"Han brydde sig, hela tiden. Otaliga små episoder avslöjade honom, om det inte varit så hade jag tagit dig med mig och lämnat honom. Det vara bara det att han då, en gång för alla, bestämde sig att lämna över ansvaret för din uppfostran helt på mig, han sade det rent ut till mig. De övertoner det sen fick var riktade mot mig".

"Men varför gifte han sig med en otrogen, det har jag aldrig förstått?"

"Otrogen!"

"Ja! Du vet vad jag menar, en icke-muslim".

"Kärlek kanske", skrattade modern. "När han var ung ville han vara en modern muslim, revoltera mot vad han då uppfattade som gamla fördomar utan stöd i koranen. Mycket av detta förändrades efter hand som konsekvenserna kom i dagen".

"Hur träffades ni egentligen?"

"Det var i London, något år innan vi flyttade hit. Jag var med och organiserade en debatt om dödsstraff. Utifrån argument som framfördes av de länder som fortfarande tillämpade dödsstraff, ville vi visa att dödsstraff inte kunde rättfärdigas. Utan alltför högt ställda förväntningar hade vi skickat inbjudan till flera av de aktuella ländernas ambassader. Jag minns hur förvånade vi blev då det dök upp en representant från

Turkiet. Det var en ung diplomat som förklarade att han just anlänt till London och att han under sin studietid medverkat i en grupp som hävdade att ett avskaffande av dödsstraffet inte stred mot koranen. Han hade råkat se vår inbjudan och själv tagit initiativ till sin medverkan, ett initiativ som efter stor tvekan blivit godkänt av ambassaden. Förutom en amerikan, som direkt meddelade att han inte hade befogenhet att representera sitt land, var han den ende representanten som dök upp. Övriga inbjudna länder ignorerade vår inbjudan. Amerikanen visade sig vara hängiven motståndare till dödsstraff och kunde inte bidra med några positiva synpunkter. Däremot visade sig din pappa vara väl förtrogen med förespråkarnas mest välslipade argument och blev därmed kvällens medelpunkt. Jag minns ännu hur fascinerad jag blev av denne distingerade främmande och så kloke man. Den vårkvällen 1993 förändrades för alltid våra liv".

Det uppstod en stunds tystnad.

"Jag pratade med hans läkare efter begravningen och blev överrumplad när jag fick veta att han lidit av hjärtfel under flera år", sade jag.

"Det hade han hemlighållit för alla, även mig".

"För mig har han alltid framstått som den kärnfriske arbetshästen".

"Så här efteråt har jag nog märkt hans trötthet men förknippat den med vårt förhållande snarare än något fysiskt". Så mycket man aldrig förstått, eller haft en aning om, tänkte jag.

"Egentligen vet jag ju ingenting om min bakgrund", utbrast jag.

"Vad menar du?" Mamma tittade lite förvånat på mig.

"Det enda du berättat om släkten är att mormor och morfar dog när jag var liten".

"De fick barn mycket sent och jag var enda barnet. När jag kom i puberteten uppstod väldiga konflikter mellan oss, kanske beroende på den stora åldersskillnaden. De levde i en helt annan värld tyckte jag då... Ja, den bedömningen kom nog inte att ändras så mycket även efter att tonårens känslostormar lagt sig. Distansen till dem fick vår flytt till Danmark att kännas som en stor befrielse. För övrigt finns det inte mycket att berätta om släkten. Jag minns aldrig att vi träffade några släktingar under min uppväxt, men undantag för min farmor i Coventry, som jag minns som en snäll gammal gumma som vi ibland besökte. Jag vet att min farfar kom till England som amerikansk soldat under kriget och att han blev dödad i Tyskland i krigets slutskede. Detta var något som för alltid gjorde min farmor bitter, att, som hon uttryckte det, han skulle bli dödad när kriget redan var avgjort. Det är från min farfar vi har vårt efternamn, som mycket möjligt stammar från skandinaviska invandrare. I så fall är vi tillbaka där det började", tillade hon med ett leende.

117

"Och pappas släkt då? Den vet jag ingenting om".

"Inte jag heller. Om den var han alltid hemlighetsfull, hävdade alltid att han inte hade någon släkt. Det jag vet är att han växte upp som föräldralös på barnhem eller fosterhem. Men jag tror mig ha förstått att hans biologiska föräldrar blev dödade i någon form av politisk strid, kanske att de tillhörde någon minoritetsgrupp. Men som sagt, detta ville han aldrig prata om".

Många år senare, när jag efter min mors död tvingades gå igenom barndomshemmet, fann jag hennes dagböcker. Det var femton stycken, skrivna under perioden 1995-2027. De slutade samma år som jag började mitt arbete på plattformen, hade hon slutat skriva dagbok då? Hade det med mig att göra? Frågor som det inte längre gick att få svar på. Varje pärm var prydligt märkt med årtal. Hennes handstil var en estetisk upplevelse, handskrift på en nivå som jag är övertygad om måste vara utdöd.

De första tio böckerna sträckte sig till 2010, därefter skedde en märkbar nedgång i hennes skrivande. Det fanns en hel bok för 2010 medan nästa bok rymde perioden 2011-2014. Jag började bläddra i 2010, det mesta berörde alldagliga händelser men där fanns också personliga reflektioner över familjen. Det kändes mycket konstigt att öppna dessa böcker, det var som att göra intrång! Jag funderade på att bränna dem olästa men tyckte mig samtidigt ha rätt att veta, att äntligen kunna få den intrigerande uppväxtmiljön belyst och beslutade mig för att fortsätta läsningen. Att mamma kände till pappas otrohet blev nu bekräftat, också att det inte rörde sig om en enstaka företeelse, anteckningarna kring detta kunde ibland andas bitterhet men framförallt var det jämnmodet som gav sig tillkänna i hennes ord. Men den 23:e augusti fick plötsligt skrivandet en helt annan karaktär, det var då hon insett att jag kände till pappas förehavanden. Tonen blev desperat, nu var det tidigare accepterade med ens helt oacceptabelt. Lidandet bryter fram. "Varför kunde han inte lämna vår son utanför? Nu föraktar Mousa oss, att behöva känna så för sina föräldrar!" Det var som om föresatsen att hålla mig utanför givit henne den nödvändiga styrkan under tidigare år. I de fortsatta dagboksanteckningarna framstod nu bilden av en människa vars värld höll på att rasa samman. Läsningen blev till en intensiv upplevelse av hur mamma den gången kämpade för sitt liv för att finna fast mark under fötterna, men först vid den 26:e september förstod jag hur nära katastrofen familjen varit den gången. Bara några få rader denna dagen, skrivna med hennes vanliga handstil:

"Köpenhamn den 26 september

Min Gud sätter mig på förfärliga prov. I dag tog jag orden i min mun för första gången. Jag gick till prästen och berättade. Det var som att lyssna på någon annan när jag hörde min egen röst berätta om de förfärliga tankarna. Prästen för-

119

stod inte, han tror att jag tänker ta mitt liv. Nu ångrar jag min bekännelse, ville förklara att jag i ett ögonblick verkligen önskat ett slut på mitt liv men då funnit att det inte stod i min makt.

Skulle inte ha bekänt inför prästen, han tror nog att jag är en fara för mig själv. Hoppas bara att han inte företar sig något. Varför blir man präst när man saknar tron?

Jag lägger mitt liv i Dina händer, om Du är barmhärtig, varför ger Du mig inte vägledning? Mina krafter är slut, orkar inte leva längre men får inte dö. Varför? Vad min Gud har jag gjort för att förtjäna detta öde?"

Det blev för mycket för mig och jag slutade läsa men lyckades inte avbryta tankarnas virvelström. Jag hade aldrig haft en aning om vidden av hennes lidande. Efter faderns begravning hade vi tillbringat en vecka tillsammans och då haft flera långa, och som jag då upplevde, förtroliga samtal, där hon berättat om de många kärlekslösa åren, men inget av detta! Jag bläddrade fram och åter i dagboken men kunde inte finna något mer som vittnade om självmordstankar.

Hon hade skrivit i dagboken varje dag under denna period fram till och med den 23:e, men därefter hade fem dagar utelämnats. Jag ville inte tänka på hur hon måste ha mått under dessa dagar.

SJU

J ag återkallades från mina dagdrömmar av ett kraftigt pladdrande på fönsterblecket, en häftig regnskur drog förbi. Efter två timmars tomt stirrande ut mot ingenting insåg jag att någonting måste ske, men vad? "Tänk att nu kunna ta trajan och ge sig ut i Baja", bilden som dök upp så plötsligt och oväntat fick det att bränna till i huvudet, bilden från en av alla dessa turer där hastigheten, ensamheten och den omgivande stillheten tillsammans skapat en så hänförande upplevelse. Behovet av att avbryta dessa tankar fick mig att direkt lyfta telefonen och ringa upp Sad. Något jag tidigare flyktigt tänkt på skulle nu förverkligas. Jag bad Sad om adressen till stans bästa indiska restaurang. Jag hade lagt märke till att Mark ofta åt indisk snabbmat till lunch, nu ville jag överraska honom genom att be personalen på bottenvåningen att ringa restaurangen och beställa hem en trerätters måltid till nästa dag. Jag bad dem också att ordna med att en stor 3D skärm blev installerad i mitt vardagsrum tillsammans med en flaskkylare fylld med Coca-Cola och isbitar.

Natten som följde blev orolig, jag hade svårt att somna och i ett försök att jaga bort oron började jag fundera på vad som skulle kunna komma upp under mötet nästa dag. Vad skulle Mark tänkas ha för synpunkter på den tid som återstod? Givetvis fick dessa spekulationer oron att växa ännu mer och efter två sömnlösa timmar kände jag paniken komma krypande. Jag måste genast upp ur sängen! Aktiviteten väckte någon okänd nattsköterska till liv där nere, men innan hon nått halvvägs upp för trappan hade jag nått fram till sovrumsdörren och drog upp den med ett avvisande rytande: "Jag behöver ingen hjälp!", som fick henne att tvärvända och försvinna ner igen.

Utan att tända lyckades jag ta mig in i biblioteket. Ansträngningen fick i och för sig ångesten att släppa något, men väl nedsjunken i rummets enda fåtölj övermannades jag nu istället av en nästan total handlingsförlamning. I kontrast till den yttre stillheten och mörkret pågick ett kalejdoskopiskt kaos i mitt inre, scenerna i huvudet avlöste varandra i en rasande takt. Varje försök att ta mig upp ur fåtöljen omintetgjordes då jag inte kunde hålla kvar tanken i medvetandet tillräckligt länge för att omsätta svårigheten i handling. Där jag satt i totalt mörker återstod inget annat än att andas djupt och regelbundet och försöka slappna av. Jag övermannades genast av omöjligheten i att sitta stilla och började med upprepade, alltmer desperata, försök att häva mig upp ur fåtöljen, varje försök tog på krafterna och det slutade med att jag helt utmattad sjönk ihop.

*

Efter begravningen av min far återvände jag till Bryssel, fast besluten att bryta det, i mitt tycke, alltmer avskyvärda sociala mönster jag hamnat i. Eftertankens förnuftiga sken gjorde mig förskräckt, mitt dittillsvarande leverne i Bryssel framstod nu som inget mindre än djup moralisk misär och jag bestämde att detta från och med nu skulle upphöra. Fortfarande påverkad av besöket i Köpenhamn gick det till en början lätt, men allteftersom tiden gick efterlämnade de meningslösa arbetsdagarna en rastlöshet som till slut blev mig övermäktig. I avsikt att hålla mina föresatser hade jag efter återkomsten från begravningen brutit den lilla kontakt jag haft med bekanta, det enda nöje jag tillåtit mig var biobesök. Väl medveten om det ohållbara i en sådan isolering var jag fast besluten att hålla ut de månader som var kvar innan flytten till USA, men tanken på den kommande förändringen räckte inte till, den kändes trots allt alltför avlägsen. Priset blev en stadigt ökande konsumtion av whisky och i ett ganska berusat tillstånd tog jag några veckor senare en taxi till en av de vanliga klubbarna, men den visade sig abonnerad för kvällen.

Utan mål drev jag runt och kom till slut förbi ett ställe jag inte sett förut, en nattklubb som låg en trappa ner. Utan att ha en aning om vad det var för ställe

klev jag ner och betalade en häpnadsväckande entré-
avgift för att komma in i vad som såg ut att vara en
högst ordinär nattklubb. Jag beställde en whisky vid
en av barerna och frågade bartendern hur det kunde
komma sig att jag inte kände till stället och fick då veta
att de var nyöppnat sedan två veckor. Jag tittade mig
omkring i den glest befolkade lokalen, där fanns en
just nu tom och nedsläckt scen, i bortre hörnet satt en
kvinna och spelade på en flygel. Jag tog min whisky
och slog mig ner vid ett bord. Innan jag ens hunnit
läppja på whiskyn kom en av de vanliga flickorna
fram för att tjäna sitt levebröd, med yrkets vana
märkte hon direkt på mitt sätt att avvisa henne att
det inte fanns något att hämta vid det bordet och för-
svann. Jag tömde mitt glas i ett svep, lutade mig tillbaka
och kände hur den nervösa spänning som drivit mig
hit började släppa. Efter en stund ville jag ha mer
whisky och lyfte armen för att fånga kyparens upp-
märksamhet. Det var i det ögonblicket det hände, jag
greps helt plötsligt av en kraftig yrsel, trodde jag skulle
falla och grep tag i bordskanten med båda händerna,
jag försökte koncentrera mig genom att ta ett djupt an-
detag, men yrseln ville inte släppa, istället kände jag
hur svetten bröt fram över hela kroppen, och hur hjär-
tat bultade, eller snarare tickade, i en rasande fart, min
fars hjärtattack dök upp framför mig och rädslan tog
ett än fastare grepp om mig, bröstkorgen drog ihop sig,
och jag kände att jag inte kunde få luft!

"Hur är det fatt?" Jag blev plötsligt medveten om
att någon talade till mig.

"Jag mår inte bra", hörde jag mig själv svara med en röst som inte föreföll att tillhöra mig.

"Ska jag ringa efter en ambulans?"

"Nej! Skaffa mig en taxi". Jag försökte desperat tvinga mig att andas regelbundet och efter, vad som föreföll, några mycket långa minuter började den inre stormen bedarra något, jag lyckades komma på benen men var oförmögen att orientera mig.

"Låt mig hjälpa er, taxin är här om ett ögonblick". Återigen hörde jag rösten och nu såg jag att den tillhörde någon ur personalen. Mannen hjälpte mig att komma upp på gatan och in i den väntande taxin, på ren rutin lyckades jag rabbla adressen, betala resan, ta mig upp med hissen och in genom dörren. Villrådig blev jag sedan stående i hallen utan att veta vad jag skulle ta mig till, utan att ha en aning om hur lång tid som förflutit sedan jag kom in i våningen gick jag slutligen och satte mig på sängen. Det var först då jag blev medveten om att yrseln och ostadigheten släppt, det måste ha skett under resan hem utan att jag märkt det.

Hur får man tag på en läkare vid denna tiden på dygnet? Detta hann jag tänka innan jag viljelöst sjönk ner på kudden och somnade. Det var så jag vaknade nästa morgon, på sängen fullt påklädd. Utan att först äta frukost åkte jag direkt ner till min läkare och förklarade för honom vad som hänt. Efter någon timmes undersökning och provtagning fick jag en vag förklaring om tillfällig överbelastning, några tabletter och rådet att åka hem, äta, sova och sedan vila någon dag. Han lovade att ringa mig så snart han fått alla provsvar.

Tillbaka hemma visade det sig omöjligt att slappna av, jag kände hur adrenalinet hela tiden pumpade i vågor genom min kropp. Oförmögen att finna någon förklaring till det som hänt mig dagen innan blev upplevelsen av att så totalt ha förlorat kontrollen mycket skrämmande, en ältande tanke att jag höll på att bli galen spädde ytterligare på rädslan. Ältandet och ångesten blev nu självförstärkande och till slut gick all kraft åt att bekämpa paniken. Utmattad av stressen gick jag till sängs tidigt och somnade genast men vaknade efter bara två timmar. Så snart jag kom till medvetande greps jag ånyo av skräcken för vad som höll på att hända med mig, känslan av att vara utlämnad till något okänt och obegripligt framkallade en stark ångest och resten av natten blev hemsk, som en mardröm i gränslandet mellan orolig slummer och vaken kamp mot paniken. Utmattningen måste så småningom ha tagit överhanden för jag väcktes ur djup sömn av telefonens envisa ringande. Omtöcknad svarade jag och hörde min doktor i andra änden:

"Vi kan inte hitta några fysiska fel på dig, alla värden är bra, ja de flesta till och med mycket bra. Tror du inte det kan vara en reaktion efter din fars hastiga bortgång? Det är vanligt att man underskattar den belastning sådana händelser kan innebära. Jag skulle föreslå att du tar ett par veckors ledigt och försöker koppla av från vardagen".

"Ja, kanske har du rätt".

"Om du vill kan jag ordinera vila på någon kurort".

"Nej, det behövs inte".

"Då säger vi så och om du fortfarande känner av något om två veckor hör du av dig till mig".

"Det lovar jag". Jag trodde inte för ett ögonblick på läkarens diagnos, men livrädd och fångad i ett förlamande ångesttillstånd gjorde jag bara vad som var lättast.

Försöken att vila kröntes inte med någon framgång, det visade sig omöjligt att koppla av, istället malde jag bara samma tanke om och om igen: Vad skall jag ta mig till? Situationen syntes bara alltmer hopplös ju mer jag tänkte på den. I ett försök att avleda tankarna började jag leta i bokhyllan efter någon bok som kunde jaga mörkret på flykten och fann till slut *Cannery Row*, men när jag efter en halvtimmes läsande upptäckte att jag inte hade en aning om vad jag läst insåg jag det meningslösa i detta företag och slängde undan boken. Gripen av en stark förtvivlan och fullständigt rådvill kom jag på att jag fått något lugnande med mig hem från besöket hos läkaren, men var hade jag lagt dem? Efter en stunds paniskt irrande hittade jag dem i kavajen. Jag försökte läsa på burken vad den innehöll och efter vad som då föreföll vara en evighet trodde jag mig förstå att det var något bensodiazepinpreparat..., gillar inte psykofarmaka, tänkte jag och svalde två stycken, efter några minuter kom avspänningen och jag sjönk ner på sängen och somnade bara för att vakna mitt i natten med ett huvud av bly. När jag försökte resa mig ur sängen greps jag av en häftig yrsel som skickade ner mig på kudden igen där jag snabbt somnade om.

Nästa morgon kände jag mig, för första gången sedan händelsen på nattklubben två dagar tidigare, någorlunda samlad. Jag låg kvar i sängen och försökte tänka igenom de senaste dagarnas händelser men avbröt mig då jag kände hur tankarna snabbt väckte ångesten till liv. Med en stark rädsla inför utsikten att gårdagen skulle upprepas och ett pockande behov av att försöka förstå det som hände med mig, bestämde jag mig för att efter frukosten ta en lång promenad, i hopp om att detta skulle kunna hjälpa mig att bringa reda i mina tankar. Det visade sig vara en bra metod, inte för att jag tänkte bättre, snarare då att omgivningen tvingade mig att rikta min uppmärksamhet utåt — bort från mig själv, och bara det att hålla mig i rörelse kändes befriande. Promenaden kom att vara hela dagen och det blev mörkt innan jag kom hem. Trött och hungrig åt jag vad som fanns, några bananer och rostat bröd med marmelad, gick till sängs och somnade genast.

Återigen vaknade jag med denna enda, allt annat överskuggande, önskan att bryta mig ut ur det tillstånd jag hamnat i, men vad var det för tillstånd och hur hade jag hamnat där? Detta att inte veta eller förstå vad som hänt plågade mig svårt. När jag försökte överblicka situationen fastnade jag genast i ett ältande tankemönster som saknade alla förutsättningar att leda till förändring. I stället tog detta malande upp all tankeverksamhet och upprepades i det oändliga med stegrad ångest som följd. Vad som hänt och varför det hänt var frågor utan svar vilket jag snabbt insåg men trots det ägnade oändlig tankemöda. Medvetenheten om detta spädde ytterligare på min känsla av hopplöshet. Tvångstanken att jag måste ta mig ur situationen genererade med andra ord inget annat än en förlamande ångest. Självbevarelsedriften ledde mig på flykt ut ur bostaden och in i en rutin där jag tillbringade alla dagens timmar vandrande runt i Bryssel. Jag åt alla mina mål ute, frukost, lunch och middag, ofta på olika ställen, då känslan av anonymitet verkade lugnande. Jag pratade sällan, ja nästan aldrig, med någon. Dåliga dagar vandrade jag omkring i ett töcken där den externa världen trängdes undan av en värld där rädslan regerade, där rädslan födde rädsla, där ångesten hela tiden hotade att övergå i panik. Ansträngningen att ta mig genom dessa dagar var sådan att det kändes som det tog ett helt år av mitt liv.

Det var en sådan dag jag gick in i Sablonkyrkan utan att egentligen veta varför. Be kunde jag ju inte, det visste jag. Tanken hade föresvävat mig mer än en gång under de sömnlösa nätter då jag tänkt på min mamma och hennes okuvlighet, den som jag såväl skulle behövt. Men inte ens i de mest förtvivlade ögonblick hade jag nått längre än till en stark önskan att kunna be som hon men utan tro eller förmåga till självbedrägeri var denna väg stängd för mig. Vid ett tillfälle hade jag i desperation legat med telefonen i handen färdig att ringa hem, men något höll mig tillbaka och jag lade undan den. Jag insåg i och för sig att min mor inte kunde lösa mina problem, men vad det var som höll mig tillbaka från att prata med henne vet jag inte.

129

Kyrkan som var tom föreföll nu bara stor kall och öde. När jag betraktade de stora gotiska fönstermålningarna och insåg deras skönhet utan att kunna ta den till mig, greps jag av en förtvivlan så stark att jag måste fly ut i friska luften där jag sjönk ner på en bänk. I den stunden kände jag mig övertygad om att jag inte skulle överleva den situation jag hamnat i, inför detta gav jag upp och hopplösheten tog överhanden — det fanns inte längre någon anledning att kämpa emot.

Under den följande natten vaknade jag upp i ett underligt tillstånd, det var som om ett hittills okänt fönster i mitt medvetande öppnades genom vilket jag nu såg det oundvikliga i situationen och med det kom insikten om det dittillsvarande grubblet som endast en fåfäng önskan att allt skulle bli som förut. Till en början väckte detta endast mer ångest, men det var som om jag nått vägs ände i mitt elände och nu återstod endast att gå till angrepp eller dö. Det måste ha varit ungdomens underliggande hopp om en framtid som fick mig att fatta ett, som det då kändes, definitivt beslut att försöka besegra fienden, den inre demonen. Drivkraften var övertygelsen om en framtid i vilken jag gick stärkt ur dessa, nu så fasansfulla, erfarenheter. Samtidigt som jag visste att något oåterkalleligt hade hänt mig, kändes det bättre då jag tyckte mig ha fått en viss kontroll över situationen. Jag började fundera på mitt arbete, men tanken på att återvända dit, om så bara för en enda dag, kändes nu så outhärdlig att jag beslutade mig för att aldrig mer sätta min fot i den byggnaden.

Vartefter dagarna gick blev jag alltmer medveten om hur världen förändrats i mina ögon. Allt det jag tidigare okritiskt betraktat som självklart blev nu ifrågasatt och gjorde mig irriterad. I själva verket retade jag mig nu på nästan allt jag såg och promenaderna skedde till ackompanjemang av ett ständigt pågående inre skällande. Bitterheten bara ökade, den var riktad mot allt i min omgivning, ja, mot själva staden Bryssel som kom att framstå som orsaken till det som hänt mig. Mycket medveten om vad som föregick inom mig insåg jag det absurda i mina anklagelser, men kunde inte få stopp på känslorna.

Samtidigt började jag sakta bli uppmärksam på ett annat problem, en okontrollerad social rädsla som ledde till ett tvångsmässigt beteende vilket yttrade sig som ett behov av att alltid ha ryggen fri, att alltid kunna fly, när jag skulle äta valde jag ställen med självservering för att när som helst kunna lämna stället utan dröjsmål, när jag skulle göra inköp valde jag snabbköpets anonymitet framför kvartersbutiken. Jag fann alltid skäl att undvika köbildning, slutade att utnyttja kollektivtrafiken eller andra stängda utrymmen och övertygade mig själv om att jag förlorat all lust till socialt samröre, inga konserter, inga biobesök. Så snart jag blev medveten om allt detta, insåg jag också faran, katastrofen, som lurade i dess förlängning och gick till motangrepp. Systematiskt började jag försätta mig i svårigheter. Det var som ett led i denna strategi som jag, trots tidigare löften, bestämde mig för att återgå till arbetet. Detta visade sig vara ett lyckokast, nu blev jag tvingad in i en daglig rutin där arbetsuppgifterna ledde bort mina tankar från mig själv, det kändes också som en viljans triumf att ha lyckats återvända till min arbetsplats. Resultatet blev en nästan mirakulös förbättring av mitt tillstånd.

Den stora skillnaden mellan en stor förbättring och tillfrisknande fick jag erfara allteftersom dagen för avresan till USA närmade sig. En känsla av tvivel började växa inom mig, ett tvivel som vartefter det tilltog i styrka övergick i en övertygelse om hela företagets omöjlighet. Jag gick igenom framtiden oupphörligen, men som jag var enda deltagare vid dessa genomgångar fick jag alltid samma svar: Du måste ställa in resan.

Två veckor innan avresan uppsökte jag, i brist på synbara alternativ, återigen min läkare. Detta besök framstod nu som enda räddningen, någonstans inom mig fanns en tro på denna räddning, en alldeles nödvändig tro, en övertygelse att läkarvetenskapen skulle kunna bota det sjuka inom mig. Så blev det naturligtvis inte och jag lämnade mottagningen i ett tillstånd värre än någonsin. Läkaren hade verkligen ansträngt sig att hjälpa en patient som han såg var i svår nöd, besöket varade i mer än en timme under vilken jag fick tid att berätta, och doktorn att erbjuda den hjälp som stod honom till buds, dock undvek jag noga att avslöja det verkliga syftet med min förestående flytt till USA. Det var under samtalets gång bilden började ta form för att till slut stå bländande klar framför mig. Det fanns ingen hjälp att få! Insikten försatte mig i djupaste för-

132

tvivlan. Jagad av ångest tillbringade jag nu timmar plan-
löst irrande omkring, utan att veta var jag var, utan att
stanna upp, rädd att bli upphunnen av min egen skräck.

En sådan skräck innehåller stor kraft och nu in-
träffade det att denna kraft drev mig till ett kompro-
misslöst beslut. Jag lyckades övertyga mig själv att det
bara fanns två vägar ur situationen jag hamnat i, an-
tingen genomdrev jag mina föresatser och gav mig
iväg eller också gav jag vika inför skräcken. Det senare,
det var jag alldeles övertygad om, skulle innebära slutet
på ett människovärdigt liv. Utmattad och mycket rädd,
men samtidigt med det jag under den sista tiden trott
var mitt tillfrisknande i färskt minne, beslutade jag
att följa mina planer och ge mig iväg till Huntsville.
Dagarna och nätterna fram till avresan höll jag
skräcken på avstånd med hjälp av benso. Själva resan
skedde i ett töcken som gjorde att jag efteråt inte
kunde minnas något av den, det var som om den ald-
rig ägt rum.

De första veckorna i Huntsville blev till en svår
pers, att försöka assimilera allt detta yttre, nya, så an-
norlunda, samtidigt som mitt inre oupphörligen hotade
med panik. Hela tiden var jag omgiven av människor,
vilka jag hade mycket svårt att skilja åt och ännu svå-
rare att komma ihåg namnen på, människor som ville
informera och förklara. Gång på gång drabbades jag av
akut överbelastning och hade det inte varit för benso-
diazepinens snabba verkan hade detta lett till sam-
manbrott. Men jag lyckades alltid med en eller annan
ursäkt stjäla mig till en stunds ensamhet, lång nog att

133

få fram pillerburken, svälja, andas in, vänta någon minut och känna hur tabletten började verka och fotfästet återkomma. Ingen i Huntsville hade en aning om mitt mentala tillstånd, att berätta skulle ju göra hela resan meningslös, för vem skulle sända en mentalt instabil person ut i rymden. Vad som kunde hända längre fram tänkte jag inte på, då jag redan i Bryssel bestämt mig för att detta var enda alternativet kändes det inte meningsfyllt att bekymra sig om framtiden. Den nervösa osäkerhet jag trots allt gav prov på accepterades som, antog jag, en normal reaktion på en helt ny situation och det kommande rymdäventyret.

Vetskapen att jag hade medel att avvärja attackerna skänkte styrka. Och vartefter jag märkte att jag klarade av situationen med den alltmer krävande arbetsbelastningen, började attackerna avta, både i intensitet och antal. Utan att jag själv riktigt visste hur det gått till så kände jag en dag att jag tagit mig ur en långvarig kris. Den glädje denna insikt medförde påverkade hela min person, nu återvände den inre värmen jag så länge saknat, jag började sakta leva igen, se mig om och upptäcka omgivningen och människorna där. Att ha gått segrande ur denna strid fyllde mig med ett nytt självförtroende inför framtiden. Efter att ha tagit mig igenom detta kunde jag ta mig igenom allt, så kändes det. Det var som att bli född på nytt, nu såg jag omvärlden, men också mig själv, med nya ögon, allt värderades helt plötsligt efter en ny skala. Från att ha varit inlåst i anpassningen där viljan att vara duktig varit mycket av drivkraften och där arbetet stått i

134

centrum, hade jag nu vaknat upp ur omedvetenheten till insikten att det finns annat långt viktigare i livet. Allt detta skänkte en säkerhet som till min stora förvåning gjorde mig både effektivare och mer respekterad.

Allteftersom tiden för rymdvistelsen närmade sig blev förberedelserna alltmer krävande och arbetsdagarna allt längre och intensivare. Sporrad av min nyvunna självsäkerhet, men också av min gamla upptäckarglädje och av en omgivning som visade stor respekt för min insats, kände jag mig enbart stimulerad av påfrestningarna. Fortfarande i känslan av att vara pånyttfödd var det således i ett tillsynes harmonisk tillstånd jag anlände till Cakra. Och detta var inte bara en känsla, det fanns inom mig en djup övertygelse om att det jag gått igenom rent faktiskt hade omdanat mig så i grunden att jag i mångt och mycket nu var en annan.

Transporten upp till Cakra var överraskande odramatisk och inför de första intrycken av plattformen kände jag mig närmast som deltagare i ett pojkäventyr. Men redan från början upplevde jag också något annat. Kontrasten mellan rymdens absoluta mörker och jordens blå ljus fick mig att tappa andan — här stod jag inför något obeskrivligt — en mycket intensiv närvaro gjorde sig märkbar. Efter någon vecka när rutinen började matta ner äventyret gjorde sig denna känsla allt oftare påmind, jag visste inte vad det var, bara att det inom mig fötts något som alls inte gick att berätta om, det var som en estetisk upplevelse men ändå inte... Nej, en ontologisk upplevelse, det var vad det var! Jag hade i och för sig aldrig trott på en

135

enkel fysikalisk modell av livet, samtidigt som jag all-
tid avvisat religiösa spekulationer, men nu kände jag
mer än någonsin att en materiell förklaring till livet
inte var tillräcklig. Alltmer gick mina tankar nu till
möjligheten att det trots allt kanske fanns något högre,
ett mönster, eller rent av något intensionellt, en rikt-
ning eller en strävan bakom det människan upplevde
som världen. Väl medveten om att detta tangerade
en form av metafysik som jag tidigare alltid tagit av-
stånd ifrån, ville jag i mina tankar eliminera eventu-
ella avsikter och istället se det som ett strävande
mot något, som en riktadhet. Frågan kändes alltmer
pockande vartefter tiden gick, men då tillvaron på
plattformen närmast kunde beskrivas som ett mili-
tärt inrutad tjugofyratimmars schema blev tankarna
alltid avbrutna och jag tenderade att rationalisera
det hela som romantiskt känslosvall.

Det var inte förrän jag återvänt till jorden och va-
rit hemma ett tag, som jag började ana att det nog
var mer än en översvallande reaktion jag upplevt
där uppe, jag märkte ju att mina funderingar kring
dessa existentiella frågor tilltog snarare än avtog.
Det skulle dock gå mer än tre år och ytterligare två
rymdvistelser innan jag på allvar tog itu med dessa
mycket svåra frågor.

ÅTTA

D jupt nedsjunken i fåtöljen, väcktes jag av det be-
gynnande gryningsljuset från fönstret. Nu lugnare
till sinnes men obeskrivligt stel i lederna blev det till
en verklig viljeansträngning att ta mig upp. Jag kunde
nu se stolen och bordet bredvid mig och genom att
luta mig över armstödet så mycket det gick, lyckades
jag med ena handen nå stolens ryggstöd. Efter otaliga
försök under vad som föreföll vara en evighet fick jag
äntligen grepp om ryggstödet och kunde dra stolen till
mig och med dess hjälp drog jag mig med stor möda
ut ur fåtöljens järngrepp. Visserligen hamnade jag nu
liggande på knä på golvet men med stolen som häv-
stång var det relativt lätt att komma upp på fötter. På
ostadiga ben tog jag mig tillbaka in i sovrummet och
ner i sängen.

Mitt nattliga uppträde gentemot nattsköterskan
resulterade i en olidligt långdragen tillrättavisning
från Tanya, som några timmar senare anlände med

frukosten. Att hon försökte kamouflera tillrättavisningen med en inledande ödmjuk förfrågan om hur natten varit retade mig ytterligare och när Mark anlände var jag på ett uruselt humör.

"Oj, du har verkligen förberett dig!" utbrast Mark när han såg förändringen.

"Ja, de där småskärmarna ni använder ger mig huvudvärk".

"Jag hade nog tänkt att vi kunde hålla oss på en mer informell nivå och försöka undvika uppkopplingar".

"Det låter ju bra, men man vet hur det blir".

"Hur känner du dig idag?" det var tydligt att Mark märkte att jag var ur balans.

"Det är okej". En alltför genomskinlig lögn.

"Vi kan skjuta på det, om du vill".

"Börja inte nu du också! Här tycks man bara mötas av två karaktärer, den äckligt ödmjuka och så hon den paternalistiska, man kan undra varför det är så".

"Nu får du förklara vad du menar".

"Ända sen jag kom hit, ja, redan under resan hit, har jag upplevt denna onaturliga ödmjukhet... Ja, rentav vördnad".

"Den är inte onaturlig för mig. Den paternalistiska, är det Tanya du menar?"

"Ja, hon springer här som en besserwisser. Idag på morgonen tvingades jag lyssna på en lång föreläsning om hur man uppför sig".

"Jaha, är det därför du är så jäkla stingslig?"

"Ja, bland annat".

"Jag hade för mig att Huxley och du haft Tanya

138

uppe till diskussion och att du då ville behålla henne".

"Jo, jo". Klokt nog lämnadeMark frågan om Tanya.

"När det gäller oss andra tror jag inte att du riktigt har förstått hur vi ser på dig och den uppgift du tagit på dig. Det vi kräver av dig är inget mindre än samarbete och fullständigt förtroende under förhållanden som du förr eller senare inte kommer att ha någon kontroll över. Om det inte var för Huxley skulle jag säga att vi begär mer av dig än någon kan förväntas prestera, men enligt honom behöver vi andra inte oroa oss, han känner dig och vet att det inte blir några problem". Jag kunde inte låta bli att le när jag hörde om Bills åsikt.

"Även om vi känt varandra länge, Bill och jag, är jag inte säker på att hans tillit är särskilt välgrundad. Han kan säkert backa upp sin personliga erfarenhet med data på mina reaktioner under stress, men varken han eller någon annan, inklusive jag själv, har den blekaste aning om hur jag kommer att reagera när det blir dags".

"Den ödmjukhet du upplever bottnar i beundran inför någon som kan klara att ta på sig denna uppgift, men det finns också många här som sett upp till dig långt innan detta projektet startade".

"Jaså, varför det?"

"För många är du nog mer än bara huvudpersonen i projektet, du är författaren till Euthymia".

"Så du tror folk fortfarande kommer ihåg den boken".

"Jag kan försäkra dig att många har den i klart

minne och att många unga forskare och studenter läser den. Jag skulle säga att din bok är lika mycket läst idag som någonsin... Undrar om den inte håller på att få status som standardverk", svarade Mark med ett brett leende.

"Allt detta är något som gått mig förbi, själv har jag inte tänkt på Euthymia sedan Bill värvade mig till projektet".

"Hur lärde ni känna varandra, var det på Copernic?"

"Nej, jag har aldrig varit på månen, men det var inför hans arbete där som vi först möttes. Jag satt i Washington då, när han besökte mig angående sitt kommande projekt".

"Var det på NASA?"

"Ja, och senare när han kom hit till Boston samarbetade vi i ett projekt om DNA-stimulerad språkinlärning. Men vår vänskap sträcker sig bortom jobbet, vi har varit vänner under många år..., under perioder stått varandra mycket nära".

"Jag har förstått det... Hur reagerade du egentligen när han lade fram förslaget?"

"Först förstod jag inte varför han ville ha mig med i detta projekt, när jag senare fattade var min första reaktion nog mer som forskare än människa — och det var kanske tur för er", det sista tillade jag med ett kort skratt, "om jag då tagit det hela till mig hade jag nog tackat nej".

"Ångrar du ditt beslut, skulle du vilja hoppa av?"

"Ja och nej, det var nog förhastat av mig att gå med, men att hoppa av nu känns inte aktuellt och när jag säger det tänker jag lika mycket på mig själv som på projektet".

"Det var skönt att höra... Så Huxley klargjorde inte från början din tilltänkta roll när han kontaktade dig?"

"Nej, det var först under vårt andra samtal. Bill hade kopplat upp en VR-länk. Det blev första gången vi sågs på många år och jag kände mig lite omtumlad redan innan jag förstod anledningen till mötet, sen blev jag helt överrumplad när han kände till min sjukdom, jag hade inte berättat för någon. Det gick många timmar innan det sjönk in..., vad det var han erbjudit mig, menar jag. Men innan dess, direkt när jag förstod, blev jag smickrad, stolt över att vara utvald helt enkelt. Den känslan fanns kvar och spelade nog in när jag någon dag senare ringde honom och tackade ja. Det att ha blivit utvald överskuggade just då de annars så uppenbara svårigheterna".

"Svårigheter är väl närmast ett understatement, men okej, låt oss kalla det svårigheter. Hur ser du på svårigheterna nu efter att ha varit här en vecka, vad är det för svårigheter du upplevt under denna tiden?"

"Uppriktigt sagt har jag inte tänkt så mycket på det sen jag kom hit. Jag vet inte om du kan förstå den väldiga skillnaden på mitt dagliga liv här jämfört med det liv jag levt de senaste femton åren, jag har bott ensam, relativt avskilt, mina dagliga intryck har härrört från den omgivande naturen och havet. Här har jag översköljts av intryck av alla tänkbara slag sen den dag jag kom, upplevelsen av min tid här som till brist-ningsgränsen fylld med yttre intryck har gjort att det

141

inte funnits någon tid över för reflektion".

"Det lades ner stor tankemöda på planeringen av detta hus, det vet jag. När jag nu hör dig börjar jag tro att premisserna var felaktiga, något väsentligt blev förbisett. Alla som är med i gruppen befinner sig ständigt i denna malström av information. Avsikten var att här skapa en miljö som präglades av lugn och harmoni. Att din livsmiljö var sådan att detta skulle framstå som hektiskt var det nog ingen av oss som skänkte en tanke".

"Bill visste nog ganska väl hur jag levde, men insåg nog, som jag själv, att det inte går att åstadkomma mycket bättre än detta. Men för att återgå till din fråga, hur jag ser på svårigheterna. Att min tid var räknad har jag ju vetat om i flera år nu, utan att därför kunna vänja mig. Insikten om livets begränsning är *en* sak men när man får begränsningen presenterad i år och månader förvandlas ju insikten till upplevd verklighet vilket är något helt annat, dessutom blir ju omständigheterna jag lever under här ofrånkomligen till en ständig påminnelse. Men som sagt, under den första tiden här har det varit så mycket annat som distraherat tankarna, jag tror faktiskt att det kan bli värre om det hinner bli rutin. Besöket på bottenvåningen var jobbigt, det kändes som att göra ett studiebesök på mitt eget bårhus".

"Det finns ingen anledning för dig att göra fler besök där nere".

"Det måste bli minst ett till. Kommer jag att vara vid medvetande då?"

"Nej, du kommer att sova när vi tar ner dig... En helt annan sak, om du av någon anledning skulle behöva mer kvalificerad vård än den vi kan ge dig häruppe, skulle du då föredra ett annat sjukhus framför att behandlas där nere?"

"Det har jag inte tänkt på..., det beror på, en hypotetisk fråga som inte går att svara generellt på".

"Ville bara veta om du hade någon klar uppfattning".

"Ska vi övergå till det som ligger framför oss?"

"Ja, är det något speciellt du vill veta?"

"Så mycket som möjligt känns det som och om det kommer till det att jag inte vill veta så säger jag till".

"Inget du undrar över?"

"Hur är det med tidsplanen? Jag räknar med en månad till".

"Det kan bli fem sex veckor, mer kan vi inte veta nu".

"När vet vi?"

"Den sista veckan, det finns ett tröskelvärde för erytrocyterna, under det värdet vet man. Det går att förlänga någon dag med blodtransfusioner".

"Om jag ber om det, kommer ni att ge mig blod?"

"Givetvis".

"Du sa att jag kommer att sova, vem bestämmer när jag ska somna?"

"Vi kommer aldrig att företa något mot din vilja. Om du inte är förmögen att uttrycka dina önskemål blir det upp till mig och i sista hand Huxley att fatta beslut".

"Varför får jag inte dricka whisky?"

"Jag trodde det var vad du hade i ditt glas".

143

"Efter mycket tjat, ja! Ibland hot. Och varför kan jag inte få en Speedy när jag känner att det behövs?"

"Ärligt talat ställer det till kaos i våra mätvärden. Det finns en mindre armé här som följer din hälsostatus, de blir alla helt hispiga varje gång du intar någon stimulantia eller lugnande och alla kurvor skenar", svarade Mark med ett brett leende. "Dessutom finns den uppenbara risken att alkoholen framkallar en akut kris", tillade han.

"Jag trodde ni var beredda på det".

"Jo, i och för sig, men det är inget vi önskar".

"Inga självmordsförsök med andra ord". Uppenbart illa berörd reste sig Mark och hämtade en Coke ur boxen. Jag kände att jag gått för långt, i ett försök att bryta stämningen bytte jag ämne och i en ton av samförstånd, ja, nästan förväntan, sade jag:

"Jag har beställt hit mat till klockan halv ett, är det okej för dig?"

"Javisst, det blir bra. Vad tycker du annars om maten här?"

"Har jag något val?"

"Det är inga problem. Du kan få vad du vill så länge det går att sätta ihop till en någorlunda balanserad matsedel".

"I stort sett gillar jag maten här, till och med den där gröten på morgonen. Lite mer färsk fisk skulle inte vara dumt".

"Det fixar vi".

"Jo, det var en sak. När ni kommer med nya piller vill jag bli informerad innan".

"Ska försöka, kan bli problem, bedömningen görs löpande, men du kan alltid ringa ner till jouren och få en redogörelse för bakgrunden".

"Varför kan inte de komma till mig?"

"De känner sig osäkra. Som du själv sa, det kan komma ett läge då du inte vill veta allt".

"Det är mitt problem och min risk! Om jag nu begär att bli informerad är det rimligt att ni respekterar den önskan".

"Du har rätt, jag ska informera alla berörda". Vi blev avbrutna av steg i trappan och ett rop. "Hallå! Kan man få komma in?" Det var Bill som helt oväntat dök upp. Han slog sig ner bredvid Mark och inför våra frågande blickar tog han genast till orda.

"Ursäkta att jag tränger mig på. Anledningen till detta oanmälda besök är att jag först nu förstått hur många synpunkter på samarbetet med Mousa som hamnar helt utanför Marks ansvarsområde och det orimliga i att belasta honom med dessa, de får bli min huvudvärk".

"Jag har nog uppfattat mitt ansvar så att jag är beredd på alla slag av problem", sade Mark med en viss undran i rösten.

"Jo, jag vet, men det finns aspekter på projektet och då speciellt Mousas del i det som jag rimligen måste stå till svars för". Bill vände sig till mig. "Jag menar givetvis inte att du ska kunna komma med något speciellt idag, men jag tyckte att det behövde klargöras vid det här tillfället".

"Vill du ha en whisky, Bill?" blev mitt första yttrande

sedan han kommit in i rummet.

"Innan lunch? Det får bli en mycket liten". Jag tolkade det som ett artigt sätt att avböja och lät det bero.

"Jag har mat på väg hit, stanna och ät med oss?"

"Vet inte om jag hinner, måste vara på ett möte klockan två".

"Du hinner, vi äter halv ett", svarade jag på ett sätt som närmast förutsatte ett jakande svar.

"Glöm inte att jag är vegetarian".

"Det blir indiskt, där finns alltid något du kan äta".

"Okej, det låter bra", svarade Bill med, vad som föreföll, en belåten uppgivenhet.

Med ens blev stämningen mer avslappad och lättsam. Det var som om något vi alla väntat på plötsligt inträffat. Bills ankomst tycktes ha jagat iväg de mörka moln av oro och osäkerhet som dittills färgat stämningen. Bill och jag började berätta för Mark om den nybyggaranda som rådde inom våra forskningsområden när vi först träffades fyrtio år tidigare. Det var inte förrän vi satt oss till bords i biblioteket som vi återvände till något av det som var syftet med dagens sammanträffande. Det började med att jag vände mig till Bill och frågade:

"Har ni aldrig funderat över projektets ontologiska aspekter?

"Vad tänker du då på?" insköt Mark.

"När man läser beskrivningen över projektets mål finner man bara en diskussion kring livets fysiska sida. För min del menar jag nog att döden innebär ett i huvudsak ontologiskt skifte".

146

"Det vi inriktar oss på är ju en rent empirisk undersökning, kanske är det därför vi utelämnat metafysiken", svarade Mark.

"Men om nu resultatet ger upphov till metafysiska frågor, har ni inte tänkt på det?"

"Jo, jag har tänkt på det men valt att inte ta upp det inom projektet", svarade Bill.

"Vad har du tänkt på", frågade Mark, alltmer konfunderad över diskussionen.

"Det är ju exempelvis möjligt att resultatet ger upphov till substansdualistiska spörsmål".

"Tror du?" Mark verkade förbluffad och uppriktigt förvånad över Bills yttrande.

"Det är det jag menar. Innan ni vet ordet av står ni där som de som bevisat att Gud inte finns", utropade jag med ett brett leende och en viss triumf i rösten.

"Nej, det är trots allt inte möjligt", skrattade Mark.

"Det finns de som inte skulle hålla med dig", svarade jag med allvarlig min, förvånad över att Mark tydligen inte alls tänkt på detta.

"Jag bedömer trots allt risken som mycket liten", inflikade Huxley.

"Gör du?" svarade jag med nyfiken förvåning.

"Inte att resultatet skulle kunna tolkas i dylika termer men att någon verkligen ska göra en sådan tolkning".

"Jag har inte tänkt på detta tidigare. Förutsättningen är att registrera allt och därmed, bland annat, undanröja metafysiska spekulationer", insköt en uppenbart störd Mark. Det var förvånande att han inte skänkt eventuella ontologiska frågor en tanke.

147

"Du känner nog mer tillförsikt inför utfallet än vad jag förmår", sade jag.

"Naturligtvis är jag beredd på olösta frågor, men du implicerar något principiellt oåtkomligt. Om du menar teoribyggnad är jag helt enig, men här sysslar vi ju med ren empiri. Tekniska brister eller mätfel, givetvis, men var kommer ontologin in?" envisades Mark.

"Om detta kan vi inte veta något men det finns inget som utesluter möjligheten, om det är jag enig med Mousa", sade Huxley.

"En dylik brasklapp kan man ju infoga i varje experimentellt arbete". Mark visade tydligt att han inte var beredd att anamma vårt synsätt.

"Det här experimentet inbjuder som inget annat till en sådan brasklapp, tycker jag. Håller du inte med om det?" Jag riktade frågan till Mark, uppenbart överraskad av hans reaktion. Det var som om han inte kunde acceptera tanken på att resultatet kunde frambringa metafysiska frågor, eller var det kanske bara en motvilja inför den typen av tolkningar.

"Jag förstår vad du menar, jag tycker bara inte att våra mätningar ska tolkas metafysiskt. Vi bör hålla oss till fysiska data", svarade Mark.

Vi ägnade oss nu alla åt maten en stund och det blev tyst vid bordet. Varför deltar jag i dessa spekulationer? Deras mätvärden berör ju inte mig, jag kommer inte att vara med när de skall analyseras. Tankarna drabbade mig med förödande kraft och som en våg sköljde nu hopplösheten över mig, det kändes som

148

om någon snörde åt en svart säck kring mitt liv och det blev plötsligt svårt att tugga och svälja. Jag kämpande för att dölja den häftiga reaktionen och försökte fortsätta att äta den mat som nu stod mig upp i halsen, samtidigt kände jag att Bill tittade på mig men undvek att möta hans blick. Efter en stund hörde jag honom säga, som om det var något han just kommit på:

"Det här var fantastiskt gott, varifrån kommer detta?" Men rösten var aningen för forcerad för att lura mig. Mark tittade frågande på Bill, det var uppenbart att han uppfattat stämningsbytet. Jag samlade mig och tittade mot Bill och svarade med ett svagt leende:

"Jag frågade Sad vilken som var den bästa indiska restaurangen i stan och ringde dit. Jag tänkte att Mark kunde behöva prova lite riktig indisk mat", jag tittade på Mark som gav upp ett brett leende utan att riktigt kunna dölja sin undran över vad som pågick.

Lunchen avbröts när Bill blev tvungen att ge sig av och Mark och jag återvände ut till soffan.

"Jag vet inte om det är Bills besök eller den superba lunchen, men jag känner mig osäker på huruvida vi överhuvudtaget uppnått något av det vi tänkt oss idag", inledde Mark med frågande röst när vi slagit oss ner.

"Jag har nog känslan att vi uppnått vissa saker även om det inte var de vi tänkt oss, kanske till och med viktiga saker. Och vi har ju resten av eftermiddagen på oss att avhandla den mer formella utvecklingen".

"Som jag sade redan i morse, det är inte det formella som intresserar mig just nu ..." Mark tystnade, det var tydligt att han hade svårt att säga, eller möjligen klargöra, vad han ville. "Det jag vill prata om är inte så mycket vad eller när, men mer vad du tycker om dessa vad eller när", fortsatte han.

"Rent allmänt kan jag svara att detta inte bekymrar mig så mycket. Om du tänker på eventuella nojor så finns där inte mycket att hämta, förutom dödsångesten givetvis, men jag antar att den skulle vara densamma oavsett omständigheterna. För mig ter sig det mesta som futtigheter när jag tänker på det, till och med planeringen av detta projekt trots att det förutsätter min död..., eller kanske just därför. Förutom Bill finns det nog inte mycket här som riktigt kan beröra mig. Jag vet att det låter cyniskt men jag tror att du förstår mig".

"Jag är inte säker på att jag förstår, jag vet inte om jag egentligen kan sätta mig in i din situation, men en sak vet jag och det är att du berör mig, ibland mer än vad som är hälsosamt för mitt professionella omdöme, vilket ibland får mig att fundera över vad jag gett mig in på".

"Jag tror Bill har förstått det, det var nog därför han kom upp här idag. Han känner ansvar för att ha dragit in oss båda i det här. — Men du! Nu när jag släpat hit den där", jag pekade på 3D-skärmen, "kan vi väl utnyttja tillfället. Om du ger mig en ordentlig genomgång kommer det säkert upp saker jag har synpunkter på".

Så blev det. Mark gick igenom projektets nuvaran-

de status och presenterade planen för de kommande
två veckorna. För mig, som föreslagit genomgången
bara som ett sätt att få slut på mötet, blev det en pröv-
ning och när Mark undrade om jag hade några frågor
kände jag mig helt tom och ursäktade med att jag ville
tänka igenom det jag fått veta. Mark hann knappt läm-
na huset innan jag tog mig in i sovrummet och sjönk
ner på sängen, men trots tröttheten kunde jag inte
somna. I stället vandrade tankarna tillbaka till den tid
då jag och Bill levt så tätt tillsammans i Washington.

*

Efteråt var det tydligt hur genomgripande den perio-
den blivit. Det var under den tiden jag lärde känna
Bill och träffade Sandra. Det började när projektet i
Huntsville var avslutat och jag blev erbjuden att starta
upp och leda en ny enhet för humanistiska studier vid
NASA:s högkvarter. Jag tackade utan tvekan ja och
flyttade till Washington. Det var där, när jag satt på
mitt nya kontor i huvudstaden, som det började kän-
nas att jag inte riktigt avslutat rymdprojektet så
länge jag inte tagit itu med de starka upplevelser jag
haft där uppe. Efter att ha tänkt över det mer än en
gång bestämde jag mig för att försöka beskriva och
publicera mina, som jag då beskrev som, transcen-
dentala upplevelser.

Några veckor efter publiceringen fick jag ett brev
från en för mig okänd antropolog vid namn Sandra
Davis. Hon berättade att hon upplevt något liknande
när hon sex månader tidigare varit på Cackra. Det var
något i brevet som fångade mitt intresse, tonen var

mycket saklig, i vissa stycken akademisk, men brevet genomsyrades likväl av ett bakomliggande känsloengagemang.

Det icke-autentiska liv jag sugits in i under min tid i Bryssel och som lett till mitt sammanbrott hade lämnat permanenta avtryck. Efter det hade de yttre drivkrafterna fått ett utrymme där de på ett helt annat sätt än tidigare var i samklang med mig själv. Samtidigt hade den arbetssituation jag erbjudits sedan ankomsten till USA passat mig som hand i handske. Resultatet av allt detta var att jag arbetade mer eller mindre för jämnan och trivdes med det. De kvinnor jag kom i kontakt med var alla på ett eller annat sätt knutna till mitt arbete. Jag fann dessa kvinnor ganska olika de jag träffat i Europa och de gånger jag gått ut med någon hade det, på mitt initiativ, aldrig lett till vidare umgänge.

Mitt liv sedan jag kom USA hade med andra ord tett sig sådant att jag varit tämligen nöjd med att leva ensam. Detta var något jag inte reflekterat över — inte förrän nu. Varför dök dessa tankar upp i detta ögonblick? Det måste ha med brevet från Sandra Davis att göra, där fanns något i hennes sätt att formulera sig som skapade närhet, en upplevelse av en annan människa. Påverkad av detta satte jag mig ner och skrev ett långt brev till henne. Till en början väntade jag nyfiket på svar men då tiden gick utan att jag hörde från henne hade hela episoden nästan fallit i glömska när hon en dag plötsligt dök upp på videolänk från Harvard.

Jag blev överrumplad och upplevde att jag gav ett

förvirrat intryck. Inte nog med att Sandra till en början, något forcerad, pratade för mycket och för fort, samtidigt som bilden av henne till en början slukade all min uppmärksamhet, nu började också tankarna på vilket intryck hon skulle få av mig ta plats. Följden blev att jag under de första minuterna varken lyckades förstå vad hon sa eller lämna ett begripligt svar. Hon satt helt nära kameran och hela min skärm fylldes upp av ett ovalt regelbundet ansikte, inramat av en kastanjefärgad pageklippning, ett par stora bruna ögon och en liten men fyllig mun. När jag äntligen hämtat mig från den inledande förvirringen uppfattade jag något om "våra upplevelser" och svarade, närmast på måfå.

"Kan det bero på att vi båda är humanister".

"Jag förstår inte?"

"Jo, jag menar att det är just vi två, och kanske några till, som haft dessa upplevelser. Det beror kanske på att de flesta som varit där uppe är antingen tekniker eller naturvetare".

"Menar du att naturvetare saknar förmåga till andliga upplevelser?"

"Nej, naturligtvis inte, men de är kanske mer disciplinerade".

"Jag förstår hur du tänker. Jag trodde att du själv var naturvetare..., biolog eller något sådant".

"Nej, jag är en sån där gränsöverskridare som fuskar i både biologi och språk, med en drivkraft som väl närmast kan betraktas som filosofisk".

"Jaha, ja, jag har nog inte riktigt förstått syftet

153

med ditt besök däruppe".

"Att studera nyspråk, jag antar att du hört uttrycket förr, det syftar på den kommunikationsform som utvecklats på plattformarna. I alla fall är det vad man säger, men själv tror jag att detta språk har sitt ursprung längre tillbaka, det började som online-kommunikation under internettiden på nittiotalet".

"Har du publicerat något om detta?"

"Mina språkanalyser finns publicerade i olika journaler, du kan få en lista om du vill. När det gäller de mer transcendentala upplevelserna från mina vistelser i rymden har jag inte offentliggjort mer än den artikel du läst, jag har knappt mer än börjat sortera mina intryck efter de olika resorna".

"Anledningen till min fråga är att jag själv är mitt uppe i sammanställningen av ett arbete om kulturell bakgrund och rymdanpassning, i den änden vore det intressant att få ta del av dina tankar". Sandra avbröt sig för ett ögonblick och tillade sen undrande: "Har du tillgång till virtuella möten?"

"Ingen aning, svarade jag sanningsenligt, det får jag kolla..., har aldrig provat det".

"Med tillräcklig bandbredd är det häpnadsväckande verklighetstroget. Jag frågar då jag tänkte att vi kanske kunde träffas?"

"Varför inte", svarade jag lite överraskad. "Jag vet i och för sig inte om jag kan bidra med något till ditt arbete, men om inget annat vore det spännande att prova ett virtuellt möte, något som tycks ge att träffas en helt ny innebörd". Hon fortsatte att beskriva vad hon höll på med och jag lyssnade. Efter en stund ville jag gärna prata om något annat och försökte hitta en naturlig övergång till något mer privat, men kom aldrig så långt då hon hade ett möte och måste avsluta samtalet. Vi kom överens om att jag skulle ta reda på möjligheterna till en VR-uppkoppling och därefter höra av mig för att bestämma när vi kunde ses.

Efteråt satt jag länge och funderade över denna kvinna som genast gjort ett starkt intryck på mig, vem var hon? En intellektuell motståndare av rang, med bestämda åsikter, det var det första intrycket, men samtidigt gav hon ett nästan inbundet intryck. Hennes stil var ganska formell, men samtidigt lyckades hon förmedla en förtrolighet som var avväpnande. Under tiden som följde på detta samtal kom jag vid upprepade tillfällen på mig själv med att tänka på henne. Det är ju helt absurt! En människa jag aldrig träffat, sade jag till mig själv, dock utan resultat.

NIO

Nästa möte med Sandra blev helt annorlunda, denna gång stod hon där framför mig. Det var första gången jag befann mig i VR-miljö, om man bortser från de primitiva spelhjälmar jag provat under uppväxttiden, det här var något helt annat! Den inledande känslan av att vara försökskanin som kom av den invecklade utrustningen, försvann i samma ögonblick man gick online, realismen var förbluffande. Nu stod jag mitt emot en ung kvinna, som jag gissade var kring trettio år gammal, av medellängd, påfallande välbyggd med utpräglad figur, klädd i ett par ljusa byxor och en rutmönstrad stickad tröja. Hon gav ett närmast robust intryck samtidigt som hon måste betraktas som smärt. Hennes symmetriska ansikte blev i förstone till det dominerande intrycket. Sandra var en av de kvinnor som hade en naturlig skönhet, om hon skulle ha försökt framhäva sitt utseende med smink, frisyr eller klädsel skulle det nog snarare få motsatt effekt. Mer än något annat var det hennes händer som fängslade min blick, dessa smala händer med sina långa sinnliga fingrar, hade jag mycket svårt att lämna med blicken. Även om jag alltid varit svag för händer kände jag mig nu närmast förtrollad.

Jag hade från början svårt att koncentrera mig. Detta första möte var en egendomlig upplevelse för mig, då det blev till en mental krock mellan det förutfattade och det faktiska, kanske var det ömsesidigt, i vilket fall blev inledningen trevande och lite ansträngd. När artighetsfraserna var avklarade, höll vi oss båda som genom en tyst överenskommelse till praktiska frågor om arbetet och rymdvistelsen.

"När jag läste din beskrivning fick jag intrycket att du varit där uppe mer än en gång," frågade Sandra.

"Tre gånger".

"Det måste vara rekord. Själv skulle jag inte göra om det, trots upplevelsen och äventyret. Den dagliga rutinen blev ganska fort dödande för mig".

"Ja, man måste nog delvis kunna stänga av, eller som jag, arbeta utan avbrott", svarade jag med ett leende.

"Arbetade gjorde jag, men att stänga av inför den där hisnande upplevelsen av jorden som en liten boll, det vet jag inte hur man gör. Kan du stänga av och sätta på dina känslor inför dylika upplevelser?"

"Jag försökte nog aldrig. Om man arbetar tillräckligt många av dygnets timmar så finns det liksom ingen tid kvar. Sen är jag nog lite långsam att ta in överväldigande upplevelser, min önskan att analysera kommer ofta i vägen. I det här fallet blev dock käns-

157

lan för stark och jag förstod att detta var något utöver det vanliga, en insikt som ytterligare förstärktes vid de båda följande besöken, men att beskriva vad jag upplevt var något helt annat, det gick flera år innan jag lyckades skriva ner det du just läst".

"Jag är nog mer av en drömmare", svarade Sandra. För mig gav hon mycket mer intryck av målmedveten än av drömmare. Jag valde dock att svara:

"Det är väl de flesta av oss, på ett eller annat sätt". Det uppstod en kort tystnad när jag upplevde att jag gett ett fyrkantigt intryck som måste förefalla underligt för den som läst vad jag skrivit. Snabbt lade jag därför till: "Mitt behov av rationalisering bottnar inte i tron på en objektiv verklighet".

"Är du troende?" jag fick intrycket att hon ville visa sig förstående och att hon tvekat lite inför frågan. Det blev ett snabbt kliv in i det privata, tänkte jag, men det var ju det jag ville, lära känna henne, det var bara det att nu kändes det mer som om det var hon som lärde känna mig.

"Jag har nog alltid sett mig som ateist i betydelsen att jag tar avstånd från tanken på en personlig Gud, men samtidigt har jag aldrig trott att svaret på alla frågor står att finna i materien". Jag tyckte det lät helt fel och började snabbt om innan hon hann svara. "Jag har alltid tagit avstånd från det filosoferna kallar fysikalism och nu efter mina upplevelser på plattformen är jag mer övertygad än någonsin om att en modell av världen omöjligt kan inskränkas till en materiell beskrivning. Jag har ägnat mig mycket åt begreppet in-

158

tentionalitet hos biologiska processer och nu, efter rymden, har jag nog blivit mer benägen att betrakta världsalltet som något... Ja, på något sätt ändamålsstyrt." Det kändes som om jag bara trasslade in mig mer och mer när jag försökte förklara, blev irriterad på mig själv och kände mig avbruten när hon inflikade:

"Det tycker inte jag låter speciellt ateistiskt?"

"Du avbröt mig". Jag hörde irritationen i min röst, tystnade och ansträngde mig att byta tonläge innan jag fortsatte. "Jag sa inte att det *är* så, eller att jag *vet* att det finns något bakom det hela. Det är ingen teleologisk modell jag förespråkar, snarare ett universum fyllt av strävan..., mot något och detta implicerar inte *mening*. En religiös förklaring försöker ju skänka mening åt vårt liv, något sådant talar inte jag om".

"Detta är i alla fall något som engagerar dig, det märker jag", sade Sandra med ett avväpnande leende. Det är nog du som engagerar mig, tänkte jag, inte utan en viss förvåning.

Sedan vårt första samtal hade jag läst allt jag kunde finna av det hon skrivit. Nu bestämde jag mig för att byta samtalsämne och fråga om något jag funnit oklart, men ens blev rollerna ombytta, hon intog försvarsposition och förklarade defensivt att det var flera år sedan hon skrev detta. Det blev nu tydligt att vi båda två hade nerverna utanpå kroppen och då det uppstod en kort tystnad utnyttjade jag tillfället, genom att åter byta ämne, att försöka få veta något om henne som inte hade med jobbet att göra, genom att fråga varifrån hon kom. Hon verkade välkomna vänd-

159

ningen och berättade att hon kom från en farmarfa-
milj i Illinois, uppväxt omgiven av sex syskon, både
yngre och äldre än henne. Jag fick ingen klar bild av
mamman, pappan däremot beskrev hon som en ex-
tremt konservativ översittare. Trots bakgrunden hade
det tydligen varit självklart för föräldrarna att ge
henne de bästa förutsättningar då hon visade sig be-
gåvad för studier.

"Du bor i Boston nu", frågade jag.

"Ja, sedan flera år, det var här jag tog min exa-
men."

"Lever du ensam?"

"Ja, och du själv?"

"Jo, jag har inte haft något förhållande sedan jag
kom hit från Europa. Det är som om arbetet tagit all
min tid".

"Det är väl något liknande med mig".

"I mitt fall är det nog begripligt att jag inte försökt
inleda något förhållande, men det förefaller konstigt
att du lyckats undvika en partner".

"Jag har väl varit för kräsen och alltid satt karriä-
ren i första rummet. Det kanske låter som om jag är
en streber men anledningen är nog att jag tycker så
mycket om det jag håller på med". Att hon vid 30 års
ålder aldrig levt i ett längre förhållande tycktes inte
bekymra henne, i vart fall inte mer än att hon berät-
tade det, om än insvept i en ironisk karaktärisering av
sig själv som kräsen. Det enda som egentligen störde
mig något under detta första möte var hennes, som
jag uppfattade, stundtals överdrivna idealism. Varför

måste jag alltid falla för kvinnor med starka ideal? Detta var en fråga jag inte hade något svar på och som just då inte föreföll viktig.

Först långt senare förstod jag i hur hög grad jag börjat tänka på en framtid med Sandra redan från början. Det var som att detta första möte bara blev till en bekräftelse på något jag vetat hela tiden, det var med denna kvinna jag ville dela mitt liv! Övertygelsen var total, hur var detta möjligt efter ett enda virtuellt möte? Mina tankar på henne redan innan fick nu en annan innebörd: Jag hade förälskat mig i henne redan innan vi träffades! Något liknande hade jag aldrig upplevt förr. Detta måste vara något som kom Stendhal:s begrepp *kristallisation* mycket nära. Den förvåning man kunde förvänta försvann tillsammans med allt övrigt in i bakgrunden till en allomfattande lyckokänsla.

En atmosfär av något som liknade kitslighet, ett starkt behov av att rättfärdiga sig inför den andre, fanns där från början och kom att prägla även våra kommande möten, möten som för varje gång bara blev längre och längre. Jag blev efter hand mer och mer medveten om denna stämning och lovade mig själv, gång på gång, att vid nästa träff uppträda mer avslappnat och visa att jag kunde bjuda på mig själv, men det var som förgjort, något hände med mig när hon var där. Hennes vägran att vika undan både retade och eggade mig på ett sätt jag aldrig tidigare varit med om, det blev till en viljornas kamp som utspelade sig vid våra samtal. Efter varje möte hände samma sak, jag lämnade henne otillfreds med mitt eget uppträdande, greps av en stor tomhet och hamnade i en stark längtan att träffa henne igen.

Det skulle gå ett halvår innan detta mönster kunde brytas, det var i samband med en konferens i Ithaca där vi båda skulle delta.Vi hade bestämt att träffas redan på flygplatsen. I samma stund jag fick syn på henne greps jag av en åtrå som var helt olik den jag tidigare upplevt gentemot kvinnor. Jag ville vara tillsammans med henne, bara henne. Hade jag kunnat skulle jag i det ögonblicket utplånat resten av världen för få vara ensam med henne. Paniskt rädd att hon genast skulle ge sig iväg till den där konferensen föreslog jag en snabbfika innan vi fortsatte. När vi så slagit oss ner vid ett bord fann jag det ytterst svårt att koncentrera mig och det blev snart uppenbart för oss båda att vi inte förmådde upprätthålla en normal konversation. När vi nu för första gången fick vara tillsammans rent fysiskt blev inget som planerat, nu ville vi bara vara tillsammans – konferensen fick vänta. Jag funderade på en lämplig ursäkt och frågade henne om vi skulle ringa arrangören.

"Vi skyller på försenat flyg och åker direkt till hotellet istället", tyckte Sandra, ett förslag som blev till den skönaste musik i mina öron.

När vi väl hamnat i samma säng övermannades jag av ett mycket starkt känslosvall, då alla mina uppdämda spänningar släppte. Det hela blev oerhört intensivt, till en början mer av en rent psykisk urladdning, det var som om denna långa förberedelse byggt upp så mycket förväntan att medvetandet om förverkligandet för en stund övertrumfade lidelsen, men närd av hennes sexuella hunger tog snabbt de sinnliga begären överhanden. Efteråt låg vi tysta och bara tittade på varann. Trots den kroppsliga matthet jag nu befann mig i, framkallade hon ett fortsatt intensivt begär hos mig. Efter en stund, utan att vi yttrat ett enda ord, sträckte Sandra sig över mig och släckte lampan. I mörkret kände jag hur hon lät sitt huvud sjunka ner mot min axel och efter vad som verkade vara ett ögonblick så hörde jag på hennes andning att hon sov. Själv hade jag svårt att somna, jag var alltför uppjagad, jag drevs av starka känslor som jag aldrig känt förut, det var inte som vanligt med min åtrå, den njutning jag nu upplevt var annorlunda mot tidigare, det var som att det fysiska i hela sin intensitet blivit reducerat, skjutits bakåt. Det var en stark känsla av enhet som fyllde luften runt oss, det jag då upplevde beskrivs bättre av ordet lycka än njutning.

Under de dagar konferensen varade tillbringade vi så mycket tid som bara gick med varandra. Trots att detta var första gången vi rent fysiskt träffades uppträdde vi båda som om vi tillbringat år tillsammans. Nu blev vår samvaro en helt annan än den dittillsvarande, nu uppstod inte tillstymmelse till friktion mellan oss, under dessa dagar tycktes vi vara överens om allt. Detta borde ha överraskat mig men jag skänkte det inte en tanke, bara levde och njöt av livet, kände att jag först nu fick lära känna alla hennes egenheter. Hennes självständighet och integritet kände jag redan innan, men det fanns så mycket annat, småsaker som

163

jag först nu lade märke till, som till exempel att hon generaliserade för mycket, speciellt tydligt blev det när vi talade om Europa, men kanske var det mer idealisering än generalisering. Men där fanns också annat som jag ju inte kunnat se tidigare, saker som nu förtydligade min bild av henne, som hennes sätt att gå, snabbt och med långa kliv, mycket självsäkert men inte alls medvetet. Hon hade överhuvudtaget inte alls det där annars bland yngre kvinnor så medvetna över sig, hon verkade nästan omedveten om den självsäkerhet hennes agerande utstrålade.

Den friktionsfria samvaro som vi inledde under dagarna i Ithaca kom att bestå även framöver. Vi började träffas dagligen, ibland flera gånger om dagen. Våra möten — virtuella såväl som de, som jag upplevde, sällsynta, gemensamma veckosluten — blev ibland till en veritabel orgie i bekräftelse, ett starkt vanebildande tillstånd som nu drabbade mig med full styrka. Timmarna utan henne tycktes bara bli längre och längre.Vi började prata om att finna nya tjänster för att komma närmare varandra, men kunde inte hitta någon omedelbar lösning, inte förrän en dag då det damp ner ett brev från MIT i min brevlåda, som visade sig innehålla ett erbjudande om en sex månaders gästprofessur och föreläsningsserie.

Att tacka ja till erbjudandet skulle innebära sex månaders avbrott i det arbete jag just påbörjat, detta betydde föga för mig just då. Inför möjligheten att få tillbringa sex månader tillsammans med Sandra var jag beredd att gå till ytterlighet, vilket var i det när-

164

maste vad som krävdes för att få NASA-ledningen att ge sitt samtycke. När väl beslutet var fattat och ledigheten ordnad, rörde sig tiden framåt med snigelfart, det kändes som en evighet innan jag kunde ge mig iväg till Boston, hem till Sandra.

Den första tiden i Boston — i det där lilla huset, uppe i ett stilla hörn av Cambridge, som Sanda hyrde och som hon pratat så mycket om — blev som självuppfyllande, vår samvaro blev just så bekymmersfri och harmonisk som vi drömt om. För mig, som aldrig varit i Boston, blev allt nytt, och i hennes närhet upplevde jag allt så annorlunda, mina sinnen öppnades och skärptes, jag kände mig delaktig som aldrig förr, det kändes som att jag levde mitt liv på en högre nivå, och saker som annars gått mig förbi blev nu uppmärksammade. Men allteftersom tiden gick måste Sandra allt oftare lämna mig att klara mig själv vilket inte borde vara ett problem för en som levt ensam sedan han lämnade barndomshemmet, om det inte varit för att jag saknade henne så mycket och att mina föreläsningsplikter vid MIT var begränsade. Nu hade jag större delen av dagen fri.

Tiden utan henne kändes trist och färglös och jag önskade bara att hon skulle vara där. Jag insåg till fullo det oresonliga i min reaktion. När Sandra på kvällarna berättade om något hon upplevt under dagen kände jag en stor besvikelse som jag på alla sätt försökte dölja. Trots ivriga försök att förtränga så var jag hela tiden medveten om att mitt allteftersom mer obalanserade humör måste märkas, trots detta blev

165

jag överrumplad när Sandra en dag lite försiktigt frågade:

"Du verkar betryckt?"

"Betryckt, nej varför tror du det?" svarade jag snabbt, kanske lite för snabbt. Som om hon inte hört mitt avfärdande fortsatte hon:

"Jag skulle önska att du kunde berätta". Detta är typiskt Sandra, har hon fått något för sig så är det på det viset, tänkte jag, helt uppe i mitt eget förnekande.

"Men jag lovar, det finns inget att berätta". När hon förstod att jag inte skulle säga något blev hon tyst och fundersam. Efter en lång stunds tystnad stod jag inte ut längre.

"Det är kanske tanken på att jag måste lämna dig om några månader". I ett desperat försök att tillfredsställa hennes undran och återvinna hennes förtroende slungade jag fram något som jag själv visste var osant.

"Älskling!" Sandra kom fram till mig, lutade sig ner och kysste mig. "Tänk inte på det nu". Jag besvarade kyssen men lögnen lämnade en bitter eftersmak. Någon vecka senare meddelade Sandra att hon var tvungen att resa till Ann Arbor för några dagar. Jag kunde inte dölja min besvikelse. Reaktionen som ju var irrationell missuppfattade hon totalt och utbrast förvånat:

"Du är väl inte svartsjuk!" Svartsjuk? Vad menar hon? Jag hade inte haft en tanke på någon annan man, inte förrän nu, likväl var det som om hon tillfogat mig en rent fysisk smärta när hon sade det. Vem skall hon egentligen åka med, eller träffa? Smärtan och besvikelsen fick nu sällskap av oron och drog iväg mig dit förnuftet inte kunde följa.

"Har jag någon anledning till det!" Jag hörde mig själv och blev förskräckt av det aggressiva tonläget. Sandra ryggade tillbaka inför häftigheten i mitt svar.

"Nej, absolut ingen, Mousa... Hur är det fatt, vad är det egentligen som trycker dig? Du verkar ju helt ur balans". Jag tappade nu helt fattningen, orden stockade sig och jag var nära tårarna.

"Jag älskar dig så mycket, fick jag fram med ansträngd röst".

"Och jag dig... Jag känner mig helt förstörd av att se dig så här, om jag bara kunde hjälpa dig, litar du inte på mig? Jag har ju märkt länge att det är något, men du vill inte prata om det".

"Ja, jo... Jag vet inte..., varken ut eller in", svarade jag stammande. Detta var verkligen sant. Jag fick plötsligt upp en inre scen där jag såg mig som deltagare i en Beckettpjäs. Varför Beckett? Tänkte jag förvånat, jag hade ett bestämt och kvarstående intryck av Becketts dramatik, en hemsk känsla av att ha blivit berövad något nödvändigt. Men nu? Nu tyckte jag bara att jag kände mig förkrossad, det var i samma ögonblick hon nämnt ordet svartsjuk, det var då det hände, det var som om världen plötsligt rasat samman framför mina ögon. Jag såg hennes oro och ville förklara, men hur skulle jag kunna förklara detta?

"Jag är visst helt ur gängorna. Det här att flytta in här hos dig var ingen liten sak för mig, kanske har jag gjort det till en alltför stor grej".

"Du måste tänka på annat och leva som du alltid

gjort. Jag är helt nöjd med den Mousa jag lärde känna innan du kom hit, jag vill inte att du försöker anpassa dig på något sätt och jag hoppas att du ser på mig på samma sätt..., eller är det något med mig?" Sandra föreföll plötsligt osäker. När jag inte svarade fortsatte hon, nu med låg och mycket osäker röst. "Egentligen vet jag ingenting just nu ... Du tycker kanske att jag bara pratar strunt?"

"Nej, nej, inte alls! Jag förstår vad du menar och kanske har du rätt, men just nu kan jag inte bringa reda i mina tankar, jag känner mig helt utmattad och vill helst bara lägga mig att sova".

Efter den händelsen ville oron inte lämna mig, hon märkte det, men kunde inte förstå och stämningen mellan oss började successivt, smygande, förändras. Hos mig, som intensivt, med hela min själ, ville att allt mellan oss åter skulle bli som förut, växte desperationen när allt jag gjorde obevekligen tycktes leda bort från det eftersträvade målet. Jag började uppträda alltmer lynnigt och lyckades därmed att driva Sandra ut ur den av mig så hett efterlängtade gemenskapen. Jag såg så tydligt mina tillkortakommanden men kunde likväl inte acceptera den, som det på något motstridigt sätt föreföll, oundvikliga konsekvensen och ge upp. Att erkänna för mig själv att jag inte förmådde leva ihop med Sandra föreföll uteslutet, det fick inte ens finnas som alternativ. Istället fann jag nu fel på omgivningen, den fick bära skulden för den uppkomna situationen, nu fann jag anledning att kritisera och klaga på allt, min hyrbil, mina studenter, allt som kom i min väg, ja till och med klimatet blev en källa för klagomål.

Allteftersom tiden gick kände jag mig bara mer och mer ur balans, det visade sig som lynniga utbrott över de mest triviala händelser eller ting. Nu ökade min överkänslighet även i förhållandet till Sandra, hon kom nu närmast att fungera som förebråelsen personifierad och hennes närvaro började bli problematisk. Från att tidigare ha saknat henne så fort hon inte var där, började jag nu reta mig på henne, på allt hon gjorde och hur hon gjorde det, eller på att hon inte gjorde nåt, det spelade ingen roll, alltid hittade jag någon anledning till kritik

Den ohållbara situationen jag själv framkallade och försatte henne i var uppenbar för mig, lika tydligt var att detta inte alls var vad jag önskade, men alla ändlöst långa förnuftsdiskussioner jag förde med mig själv var verkningslösa. Som en hjälplös betraktare kunde jag bara se på när situationen, under ständigt ökat tryck, växte och växte framför mig, för att slutligen kollapsa.

Det var en lördag eftermiddag. Sandra ägnade sig åt den lilla men ändamålsenliga trädgården hon anlagt på husets baksida, så som hon brukade göra varje veckoslut. Jag satt från början tyst och såg på när hon arbetade men efter en stund började jag prata om drivkraften bakom anläggandet av trädgårdar, till en början i neutrala termer, men allt eftersom som jag pratade arbetade jag upp en alltmer kritisk beskrivning där jag till slut kom fram till att trädgården en-

169

dast var ett löjligt försök att skapa en levande arte-
fakt. Utan att vänta på att jag skulle sluta lade Sandra
ner arbetsredskapen, tog av sig trädgårdshandskarna,
kom fram till mig, tog mig i armen och sade i bestämd
ton: "Kom!" Jag tystnade genast och utan ett knyst
reste jag mig och följde med in i huset. Hon placerade
mig i soffan och slog sig själv ner i en fåtölj mittemot.

"Mousa, vi kan inte fortsätta så här! Jag märker
hur dåligt du mår och då det uppenbarligen är jag
som förorsakar dej dessa plågor, vill jag att du i fort-
sättningen bor på ditt hotell. Jag vet att du inte tror
mig när jag säger det, men det här känns för jävligt
för mig, det är bara det att jag inte kan se någon an-
nan utväg just nu. Kanske kan distansen vara positiv,
kanske får det saker och ting på plats, rättar till pro-
portionerna. Jag menar inte att vi inte ska ses..., det
vill jag absolut inte". Hon försökte samla sig men
kunde inte hålla tillbaka tårarna när hon tittade på
mig. "Jag älskar dig Mousa och vill inte förlora dig,
men det är ju vad som håller på att hända". Hennes
ord föll över mig — som slag, träffade tungt, men ut-
an smärta. Äntligen! Nu hände det, det som var vad
jag mest fruktat skulle kunna hända, det som absolut
inte fick hända, det vill säga ända fram till nu, men nu
när det hänt, kände jag till min häpnad bara en stor
lättnad och en befriande tomhet infann sig. När jag
hört Sandra uttala de magiska orden var det som om
en stor sten föll från mitt bröst.

Reaktionen lämnade mig så förbluffad att jag bara
blev sittande, helt tyst, utan något som helst behov av

att förklara. Sandra som nu samlat sig, tittade upp på mig med en tydligt frågande blick, väntande på gensvar. Efter en stunds tystnad utropade hon irriterat:

"Det här verkar inte alls intressera dig!" Men hennes ansikte uttryckte mer rädsla än irritation. Hennes utbrott fick mig emellertid att vakna upp ur min häpenhet.

"Jo, jo, naturligtvis! Jag bara... Du har nog rätt..." Jag tystnade, fann att jag inte hade något att säga. Återigen började Sandra gråta, nu helt hejdlöst. Så har då den himmelska atmosfären mellan oss kondenserats till dessa tårar, for det igenom mitt huvud ögonblicket innan smärtan bröt fram och jag sprang upp från soffan och tog henne i mina armar. Det var outhärdligt för mig att se henne så där.

"Snälla Sandra, förlåt mig, jag fattar inte varför det blivit så här". Hon tryckte sig intill mig och började säga något men kunde inte hejda gråten. Omfamnade sjönk vi ner på soffan där vi blev sittande, tysta, mycket länge.

Tiden som var kvar i Cambridge blev förfärlig. Jag kunde inte tänka på annat än Sandra, vad gör hon nu? Vid den här tiden brukar hon komma hem, skall jag ringa henne? Hon sa att jag kunde ringa när som helst. Nej, jag skall inte ringa! Varför skulle jag ringa, det är ju slut! Hon är nog inte hemma, hon har nog redan träffat någon annan, varför stod den där svarta BMW:n där hela dagen? Kanske någon hon kände redan när jag bodde där. Timme efter timme kunde denna malande tankeström pågå, ömsom retade jag-

171

mig på henne, ömsom saknade jag henne. Ibland fick jag för mig att gå omvägar för att undvika att stöta på henne medan jag vid andra tillfällen körde runt och letade efter hennes bil för att se var hon var eller vem hon träffade, det var vid ett av dessa tillfällen jag upptäckt en svart BMW utanför hennes hus. Vid ett par tillfällen försökte jag fly tankarna genom att gå ut på någon bar men det slutade alltid med att jag sprang omkring från ställe till ställe och letade efter henne, besviken när jag inte fann henne men samtidigt livrädd att stöta på henne tillsammans med en annan man.

Nej, jag skall inte ringa henne! Om hon verkligen är intresserad, varför hör hon inte av sig? För henne är annat viktigare, har alltid varit, jag borde ha förstått från början att detta inte kunde fungera..., men jag vill ju att det skall fungera, outhärdligt mycket! Att det skall fungera nu och för alltid. Hennes inre upplevelser, allt det där som från början förde oss samman, är ju bara romantik, har egentligen inget med mig att göra. Hon saknar alla de osynliga hinder som präglar mitt liv... Om jag ringer och frågar om vi kan träffas svarar hon nog ja... Hur skall jag stå ut utan henne!

Jag visste inte om jag levde eller var död. Ja, rent objektivt levde jag, för den yttre betraktaren levde jag förvisso, men vad hade det med mig att göra. Jag tittade mig i spegeln och såg min kropp, bara den. Den absurda tanken att jag var död, att min kropp överlevt mig, dök upp och allteftersom jag stod där stirrande på spegelbilden växte sig tanken allt starkare, föreföll allt verkligare, allt möjligare. Det var svettdropparna i pannan som återförde mig till verkligheten, skräck är dock inget kroppsligt attribut! Händelsen efterlämnade en lång ångestfylld natt.

Dagen därpå bestämde jag mig för att kontakta henne. Innan jag ringde upp kopplade jag bort kameran då jag inte stod ut med tanken att hon skulle se mitt ansikte när jag talade. Det tog en stund innan hon svarade och jag fick veta att önskan att inte bli sedd var ömsesidig. Min första reaktion var då att koppla ner, men den försvann snabbt när jag hörde hennes röst.

"Jag har väntat mig att du skulle hälsa på. Att vi inte kunde bo ihop innebär väl inte att vi inte skall ses..., trodde jag?" Vad skulle jag svara? Att längtan efter henne var sådan att jag inte stod ut med henne, se henne, höra henne, bara detta samtal kändes nu plågsamt. Jag ville slippa konfronteras med henne, slippa bli påmind. När nu allt gått i kras ville jag slippa se skärvorna, kunde hon inte förstå det? Städa upp och gå vidare. Jag höll på att säga det högt men hoppet höll mig tillbaka. Hur kan man bemäktigas av hopp inför något hopplöst, tänkte jag förundrat. Var det hopp eller medlidande som drev Sandra? Jag kände att jag måste säga något.

"Jag har försökt tänka över vårt förhållande".

"Har du kommit fram till något?"

"Har du inte själv tänkt?"

"Jo, naturligtvis, men jag har velat ge dig tid, väntat på dig".

"Jaha".

"Du låter helt uppgiven Mousa?"

"Du sa själv att vi inte kan leva tillsammans, vad kan vi då?"

"Jag sa bo tillsammans".

"Varför välja att leva tillsammans om man inte kan bo tillsammans?"

"Av kärlek kanske, fråga någon av alla de som lever så".

"De flesta styrs av konventioner och rädslor — det är vad jag tror". Sandra förblev tyst för några sekunder under vilka jag upplevde tystnaden som så intensiv att det blev smärtsamt och jag var på gränsen att kasta ifrån sig telefonen.

"Skall det betyda att du vill avsluta vårt förhållande", frågade hon med mycket låg röst. Jag övermannades av tankar och bilder från vår tid tillsammans och med ens förstod jag hur fåfängt det hela var, förväntningarna hade utarmat möjligheten. Det var slut redan innan det börjat, belöningen hade visat sig vara förskotterad. Försjunken i min insikt förblev jag tyst en lång stund tills det metalliska knäppandet från stora regndroppar som föll på fönsterblecket fick mig att kvickna till.

"Det regnar", konstaterade jag.

"Jag vet Mousa", hörde jag henne svara med trött röst. Efter, vad som föreföll mig, en evighetslång tystnad, fortsatte hon:

"När det nu är så svårt att prata om detta, kunde du inte skriva ner dina tankar i ett brev så att jag kan

174

förstå? Snälla Mousa". Ny outhärdlig tystnad. Hon väntade på mig, jag ville säga något — just då, vad som helst — men kunde absolut inte få ett enda ord över mina läppar, istället flyttade jag mycket långsamt och försiktigt telefonen från mitt öra och kopplade ner. Jag blev sittande i soffan, hur länge vet jag inte. Om någon då frågat mig vad jag tänkte på skulle jag inte kunna svara, jag tror så här efteråt att mitt huvud då var helt avstängt.

Hur *var* det nu! Med ett plötsligt ryck for jag upp ur soffan och började rota runt i den röra av saker som låg utspridda i hotellrummet. Efter en stund fick jag fram den, Bibeln, och efter ytterligare en stunds bläddrande fann jag vad jag sökte och slog mig genast ner och började skriva:

"Om allt detta skulle uppskrivas, det ena med det andra, så tror jag att icke ens hela världen skulle kunna rymma de böcker, som då bleve skrivna.

Johannes Evangeliet 21:25"

I stället för att följa min ursprungliga avsikt att sända iväg det till Sandra tvekade jag i sista stund och sparade det bland utkasten, där det i likhet med så mycket annat från den tiden blev liggande. Tanken att det snart var över, att jag snart skulle återvända till Washington, blev till en livlina som höll mig uppe.

Det var trots allt med en viss tillförsikt som jag återvände till mitt arbete vid NASA. Att ha kommit bort från allt det som ständigt väckte minnen kändes bra. Men det gick inte lång tid innan jag till min förskräck-

175

else började märka reaktioner hos mig själv som jag bara alltför väl kände igen från brysseltiden. Då jag trott att detta var något jag lagt bakom mig, blev det till ett hårt slag. Den glädjens triumf jag känt under det första halvåret i Huntsville, då när jag känt mig börja återvända till livet, hade delvis sin grund i förvissningen att jag lyckats utplåna mitt mörka tillstånd och i övertygelsen att det som var utplånat inte kunde återuppstå. Nu fick jag uppfatta hur fel jag då haft när jag i ett anfall av rationellt tänkande, övertygat mig själv att erfarenheten skyddade mot återfall. Jag tvingades nu inse att de upplevelser en människa fått utstå kommer att ledsaga henne livet ut, en förkrossande slutsats som knäckte något inom mig, något som skulle förbli trasigt under resten av mitt liv. Nu fick med ens återkomsten till Washington en prägel av att ha gått ur askan i elden.

Räddningen blev ett mycket tätt umgänge med Bill Huxley, strängt taget hade vänskapen inletts redan ett år tidigare, men det var nu som vi kom att utveckla ett nära och livslångt förhållande. Under tiden som jag genomgått mitt nederlag i Cambridge hade Bill fått uppleva hur hans hustru lämnat honom för en annan man. Den redan starka intuitiva förståelsen oss emellan, tillsammans med dessa likartade erfarenheter, gjorde att vi nu kunde hjälpa varandra under den besvärliga klättringen upp ur den avgrund vi bägge upplevde oss ha hamnat i. Vänskapen blev kanske räddningen för oss båda, i alla fall blev det så jag i efterhand alltid såg på det. Trots det ömsesidiga stödet tog det månader att komma upp till ytan för både Bill och mig. Det var därefter som skillnaden kom i dagen, det vill säga jag började märka en skillnad som jag inte tror Bill var medveten om. I samma takt jag kunde se hur Bill lämnade sina problem bakom sig och gick vidare, ökade min uppmärksamhet på egna förändringar, hur skulle *jag* kunna lämna min erfarenheter bakom mig?

Så småningom tvingades jag inse att jag aldrig mer skulle bli den jag tidigare varit. Det som drabbade mig i Bryssel hade efterlämnat ett outplånligt ärr i själen, det hade förvandlat mig, inte bara som jag dittills trott, till en starkare person men också till en känsligare, ja rentav i vissa situationer, överkänslig person. Jag måste nu acceptera mig själv som drabbad av en kronisk svaghet, en avsaknad av den robusthet mot världen som är nödvändigt för att leva ett helt och fullt liv. Efter den insikten såg jag inte längre på omgivningen med samma ögon som förut, måhända hade jag, med Bills hjälp, undgått ett sammanbrott liknande det i Bryssel, men min syn på tillvaron var nu en annan.

Allteftersom tiden gick resulterade detta i en växande alienation. Distansen till vardagens frågor och problem gjorde att det hela nu upplevdes annorlunda, det blev med tiden svårare för mig att hantera omgivningens engagemang. Min situation framstod alltmer som ohållbar, min syn på den framtida karriären blev nu negativ, detta var inte längre vad jag ville. Känslan att jag måste ta mig ur mitt nuvarande liv

177

växte sig med tiden allt starkare och knappt två år ef-
ter det jag återvänt från Boston beslutade jag mig för
att helt byta miljö. Jag avslutade mitt arbete för NA-
SA, köpte ett avsides beläget hus vid kusten i Kalifor-
nien och flyttade dit.

TIO

Bill bodde några kilometer upp längst floden från MIT i ett mindre ganska anspråkslöst enplanshus, där han hade bott sedan hans hustru dog tio år tidigare. Nu satt jag vid frukostbordet hemma hos honom och efter en hel natts lugn sömn kände jag mig på bra humör. Jag hade anlänt tidigt dagen innan och skulle återvända efter frukost. Det var första gången sedan ankomsten till Boston tre veckor tidigare, som jag var borta från min bostad och det kändes mycket befriande. Bill serverade kokt ägg, lättrökt parmaskinka, rostat bröd, aprikosmarmelad och starkt kaffe; en frukost han visste jag uppskattade.

"Berätta inte om det här", sade Bill

"Menar du frukosten?"

"Ja, den är inte sanktionerad", skrattade han.

"Vilken projektledare! Försöker sabotera sitt eget projekt".

"Projektet klarar nog denna frukosten och förresten

är jag inte projektledare nu, bara någon som bjudit hem en vän över helgen".

"Det låter bra, jag behövde förvisso komma bort därifrån". Bill tittade på mig och såg lite bekymrad ut när han sade:

"Tror du vi tagit oss vatten över huvudet?"

"Hur menar du, vad tänker du på?"

"Har vi underskattat svårigheterna? Att tillbringa sin sista tid under dessa omständigheter framstår nu som mer än vad någon kan uthärda... Du vet att vi alltid kan avbryta det hela".

"Avbryta, för att göra vad? För mig återstår inte mycket, att återvända hem går ju inte, återstår att lägga in mig på något hem för döende, det känns mest som att gå ur askan i elden. Nej tack, bäst att fortsätta på den inslagna vägen".

"Du kunde ju bo här den tid som är kvar". Det lät på Bill som att han var ångerfull över att ha ryckt upp mig från rötterna i Kalifornien och jag försökte att släta över.

"Ingen anledning att lura sig själv, den tid jag har kvar blir jobbig och det har nog inte mycket med var jag bor att göra".

"Jag märker ju att du är i svårigheter, din frustration".

"Det är allt det nya, det tar på krafterna att ställa om. Från början trodde jag att mattheten jag kände efter ankomsten var övergående, men nu har jag förstått att strapatserna krävt sitt pris. Men det är nog trots allt miljöbytet mer än hälsan som stressar mig".

"Och ändå säger du att det inte spelar någon roll

var du bor!"

"När jag sade det bortsåg jag från den redan överspelade möjligheten att stanna kvar hemma till slutet. Du förstår..." Jag tvekade, inte så mycket beroende på svårigheten att uttrycka mig, mer inför hur det egentligen förhöll sig. "Ibland längtar jag tillbaka, att på kvällen få slå mig ner på verandan med en whisky och följa solen sakta sjunka ner i Stilla havet. Ni gör allt för mig, står på tå inför alla mina krav, men det jag mest av allt vill ha kan ni inte ge mig. Tillvaron där hemma ingav en känsla av trygghet, jag var herre över min situation, på något sätt även över min sjukdom — ja, så kändes det. Här blir jag dygnet runt påmind om att jag är i händerna på någon annan. Den tilltagande hjälplösheten är inte lätt att acceptera, att då bli påmind blir frustrerande. Kanske borde jag kunna hantera det bättre, men situationen är så ny och annorlunda".

"Det var inte förrän Mark förklarade vilken omställning det innebar för dig att komma hit, som jag insåg hur lite jag visste om det liv du levt de senaste tjugofem åren".

Det uppstod en stunds tystnad då det gick upp för mig hur lång tid som gått och hur lite Bill visste om mig. I den djupa intimitet som uppstått mellan oss tiden efter katastrofen med Sandra, hade vi förvisso lärt känna varann så bra som det nu går att lära känna en annan människa. Det var bara det att den person som Bill då lärt känna inte längre fanns, en avgörande förändring hade ägt rum, en förändring

181

som visserligen stod i full blom redan under vår tid tillsammans, men vars verkningar inte framkom förrän senare. Så klart allt nu verkar och så lite samtidsanalysen förmår synliggöra, tänkte jag och sade:

"Har du tänkt på hur lite man egentligen vet för stunden, hur bristfälliga argumenten är för vårt handlande?"

"Det beror väl på?"

"Nej, inte på det plan jag avser. Varje försök till samtidsanalys är, visar det sig alltid omsider, bristfällig, inte sällan helt felaktig. Bara i historiens ljus kan du bedöma situationen och därmed välja bästa handlingsalternativ och då är det ju försent".

"Vi har således att välja mellan total stiltje och en ständig ad hoc utveckling", Bill skrattade.

"Ungefär så".

"Jo, jag är väl medveten om svårigheten att bedöma samtiden, men hur kom du att tänka på det nu?"

"Jag kom på hur lite du känner mig". Bill tittade förvånat på mig och jag kände att jag måste förklara. "Den kris jag befann mig i under vår tid i Washington vet du ju allt om, men dess verkan fick du aldrig uppleva — ja, möjligtvis inledningen, när jag hoppade av och flyttade ut till Kalifornien, men det var först där som jag förändrade och förändrades. Nu är det lätt att se mönstret i denna förändringsprocess, det var väl den tanken som fick mig in på det där med samtidsanalys. I vart fall, det var som om jag först då insåg vad jag borde ha insett långt innan. Som om tidigare kriser gått spårlöst förbi upptäckte jag nu — ja, upptäckte faktiskt — helt nya värden. Det är väl det som kallas att bli en annan människa. Jag såg med ens världen med nya ögon. Dessa båda, förändrade förhållanden och förändrade värderingar, kom med tiden att föda en förändrad personlighet som du aldrig lärde känna. Det kändes som att jag först då, på ett adekvat sätt, kunde hantera de insikter som tidigare kriser frambringat. Jag minns att jag i mina anteckningar beskrev det som att ha 'hunnit ikapp mig själv'. Egentligen föddes ju allt detta redan under vår samvaro, det var ju det som fick mig att lämna grottekvarnen".

"Grottekvarnen?"

"En gammal nordisk gudasaga som varnar för följderna av omåttligt begär. Men, för att avsluta: Det är en sak att komma till insikt, en helt annan att lära sig leva med insikten. Medan det förra kan komma som en blixt tar det senare ofta lång tid, ibland ett helt liv, och det är väl så det varit för mig.

Som sagt, mycket förändrades efter det jag drog mig tillbaka, inte minst min syn på tillvaron. Den där intensiva känslan av att vara en del av något större som jag först upplevde under min tid på plattformen och som jag beskrivit i min bok, fick en ny dimension när jag kom till Kalifornien. Det låter kanske konstigt men det var när jag åter började köra motorcykel. Min enda tidigare erfarenhet av att köra motorcykel var från min tid i England och då, när man var ung, var det händelsen i sig och farten som lockade, nu blev mina ensamma turer ut i den kaliforniska öknen helt annorlunda och jag upptäckte vilken intensiv

183

kontakt med naturen man kan få från en motorcykel-
sadel. De åren blev nog till höjdpunkten i mitt liv. Det
är inte många som vet att man kan meditera i sjuttio
kilometer i timmen mitt i ett dammoln nere i Baja",
tillade jag i skämtsam ton.

"Senare, efter det jag fått veta om A-2:n, började
jag alltmer aktivt, medvetet, söka efter dessa kontemp-
lativa tillfällen och fann dem allt oftare och på helt
olika platser. Det kunde vara på terrassen klockan fyra
på morgonen när dimman rullade in från havet eller
mitt på dagen några sjömil från kusten. Många gånger
återvände jag från mina fisketurer tomhänt, inte för
att det inte fanns någon fisk men för att jag tillbringat
timmar liggande på rygg på båtdäcket och studerat
molnen, till ljudet av vågornas kluckande mot alumi-
niumskrovet... Jag har aldrig talat med någon om de
första veckorna efter beskedet, de var fasansfulla. I de
mörkaste stunderna övermannades jag av själv-
mordstankar, men det stannade vid tankar. Orsaken
till det var nog Dostojevskij ".

"Den ryske författaren?" avbröt Bill.

"Ja, har du läst något av honom?"

"Både *Brott och Straff* och *Bröderna Karamasov*"

"Konstigt att vi aldrig pratat om det. En författare
som kommit att betyda alltmer sedan flytten hit. I vil-
ket fall så var det hans skrivande om och behandling
av självmordet som i den stunden fick mig att tveka,
avvakta. Mycket påverkad av Dostojevskij:s beskriv-
ning av ett filosofiskt självmord, visste jag nog på ett
omedvetet plan att detta inte var rätt stund"

Det var som om Bill tänkte säga något men i sista stund förblev tyst, för att efter en stunds tystnad ta till orda.

"Ibland när man gör en ny bekantskap vet man ganska snart, ibland genast, att man här har att göra med någon som är en överlägsen. Det kan vara som forskare eller tennisspelare eller, ibland, rentav som människa. Kommer du ihåg första gången vi möttes, jag räddes varken Gud eller Djävulen på den tiden, självsäkerheten själv! Ändå, när vi skildes efter ett kort möte visste jag att jag just mött någon som låg steget före mig, ja, rentav någon som alltid skulle komma att ligga steget före mig, hur kan man veta något sådant?"

"Jag har alltid förundrats över din osvikliga intuition, din förmåga till människokännedom. Bara en av många egenskaper där du slår mig med hästlängder", svarade jag.

"Jo, jag vet att du tycker så, det har du sagt förr. Men det jag menar är något annat, det är din förmåga att hantera ditt liv jag tänker på. Skillnaden mellan oss uppfattar jag ofta som skillnaden mellan att överväga och att uppleva. Jag vet inte om du förstår vad jag menar, jag är inte säker på att jag själv förstår det, men ändå är det så..., med dig, det vet jag och har alltid vetat".

"Jag tror jag förstår men tycker att du underskattar dig själv. Vår långa vänskap är ett bevis för det, tycker jag".

"Hur menar du då?"

185

"Du får det att låta som om det rått ett ensidigt givande oss emellan och så har det ju inte alls varit".

"Nej, nej givetvis inte".

"Du är den ende som vet hur jävligt jag mådde efter katastrofen med Sandra — ja, förutom Sandra naturligtvis..., hon vet ju allt om mig känns det som". Det sista lade jag till med ett närmast förvånat konstaterande. Bill tittade nyfiket på mig. "Men du har aldrig frågat varför jag gav upp karriären", fortsatte jag.

"Jag trodde inte att du såg det som att du gav upp karriären", svarade Bill lite avvaktande men lade sen till: "Jag menar att du gick till något nytt mer än att du lämnade något gammalt..., övergav något".

"Du kände mig. Du visste att karriären betydde mycket mer för mig än bara ett sätt att försörja mig. Har du aldrig undrat över vad som fick mig att överge alltihop, alla utmaningar, forskningsmiljön, allt?"

"Jo, på sitt sätt. Inget skulle ju få *mig* till ett sådant beslut, men det vet du. Trots allt har jag nog uppfattat ditt avhopp mer som en personlig utveckling, som jag i min inskränkthet inte kunde förstå, som ett tecken på egenskaper som jag alltid avundats dig. Det var väl inte förrän jag besökte dig i Kalifornien som det gick upp för mig att det kostat på, men då visste jag inte i vilken utsträckning din sjukdom påverkat dig".

"Kostat på, ja, ett högt pris att betala men det fanns inget alternativ, inte som jag såg det då i varje fall, och skall jag se tillbaka nu när ändå allt det där förlorat sin betydelse så tror jag faktiskt att mitt beslut var det rätta. Det som hände mig under

186

tiden med Sandra fick mig att se på mig själv med nya ögon — ja, inte när det hände, det tog tid, flera år, att klarna, men på något sätt hände allt då under de där månaderna uppe i Cambridge när jag bodde hos Sandra. Efter det så gick det bara inte längre att fortsätta som förut, samtidigt var förändringen sådan att den inte gick att förklara för omgivningen, inte ens för dig, då jag själv var mitt uppe i en process som förändrades hela tiden. Återstod bara att byta omgivning.

Ensamheten kändes befriande, då slapp man förklara, och som tiden gick blev den till en livsstil. Det var ju inte så att jag höll mig undan, men jag såg alltid till att ha ryggen fri, att inte ge mig in i något som förpliktigade, om du förstår vad jag menar — förutom det att jag beslutade att sammanfatta mina tankar och upplevelser i bokform, det utvecklade ju sig till ett ganska omfattande projekt som kom att ta mer och längre tid än jag avsett från början... Nej, det är inte så att jag ångrar mig, men ändå ser jag resultatet som... Jag ser det nog mer som ett handikapp, något man måste leva med, men inget man går och önskar sig. Ett handikapp kan förvisso öppna vägen till nya erfarenheter och insikter, men jag tror nog inte att du skall känna alltför mycket avund, till det är priset alltför högt". Jag tittade på Bill, men då denne inte visade några tecken på att vilja säga något greps jag av känslan att ha pratat en massa smörja och tillade: "Ja, jag ville bara att du skulle veta".

"Naturligtvis, jag förstår". Bill verkade omtumlad tyckte jag och undrade vad det var han egentligen

187

förstått. Jag kände mig nu obehaglig till sinnes och fick ett starkt behov att byta samtalsämne. Bill reste sig för att hämta mer bröd, redan innan han hunnit sätta sig igen sade jag:

"Det är ganska schizofrent, jag känner ett stort behov av att veta allt som försiggår i projektet, men ställd inför fakta orkar jag bara inte tänka på det".

"Jag vet inte om jag tidigare berättat det för dig, men det du beskriver får mig att tänka på när Charlotte lämnade mig".

"Joo? Men det du berättade om den tiden gav mig nog mer intrycket av målmedvetenhet, inte alls som min ambivalens". Bill hade beskrivit omständigheterna kring hustruns bortgång då han besökte mig två år tidigare, hur det som började som bröstcancer spridit sig och till slut gått segrande ur en flerårig och seg strid, hur han upplevt deras gemensamma umbäranden under denna tid som den värsta perioden i sitt liv.

"Jag berättade nog inte om just detta, det är förknippat med en skamkänsla som aldrig riktigt tycks försvinna. Den enorma bördan det var att se henne lida, att se den man älskar mer än något annat tyna bort under stor vånda och sen ovanpå detta, i slutet, den rent fysiska bördan att bära omkring henne i hemmet när hon blivit för svag att röra sig själv. Men trots allt, mitt i denna förödelse, stod kärleken oss emellan där som något oföränderligt, självklart. Att tänka på henne som död var på något sätt omöjligt — förutsatt outhärdligt. När det så äntligen var över för henne kände jag ingen sorg, bara lättnad, en lättnad så stor

188

att den till och med överskuggade saknaden, tala om schizofrent! Jag vågade inte visa eller berätta om mina känslor för någon".

"Ställd inför fakta som känns omöjliga blir man tvungen att lura sig själv, är det vad du menar?"

"Något i den stilen. Vi har en förbluffande förmåga att fly ångesten".

"I ena ögonblicket kräver jag att få veta, för att i nästa vägra lyssna. Det måste vara en pest att ha med mig att göra. Om jag inte själv får tillfälle, lova mig att framföra mina ursäkter och min stora beundran till alla de som stått ut, alldeles speciellt gäller det Mark och Tanya".

"Det lovar jag, men alla här beundrar dig, du är hjälten här ska du veta".

"En mycket patetisk hjälte", svarade jag uppgivet.

"Jag kan lova dig att beundran för dig, speciellt bland många av de yngre forskarna här är sådan att de skulle stå ut med vad som helst från dig".

"Varför! Är det bara för att jag ställer upp på detta?"

"Till viss del, men framförallt är det ditt rykte som den store visionären, han som skrev *Euthymia*".

"Det är tjugo år sen. Har man inte glömt den ännu", svarade jag med tydlig sarkasm.

"Din bok verkar snarare ha ökat i betydelse, blivit mer uppmärksammad inom vissa grenar av forskningen — även om du, på något otroligt sätt, lyckades hålla dig i bakgrunden när uppståndelsen kring boken var som störst, har ryktet så småningom spridit sig att den som ska vara föremål för experimentet är

189

författaren till *Euthymia*."

"Milde himmel! Ni tänker väl inte göra en medie-
grej av det här?"

"Nej, för tusan! Det råder total sekretess utåt för
alla i projektet. Det skulle bli förödande om medierna
fick nys om det här".

"Skönt att höra... Hur många deltar egentligen i
projektet? Jag hade fått uppfattningen att det rörde
sig om tjugofem personer, men när jag pratade med
Sad igår pratade han om femtio. Jag kunde ju bett om
en förklaring men ärligt talat drar jag mig för att fråga
honom för mycket, råkade vid ett tillfälle nämna min
uppfattning avseende kvantdatorns begränsningar,
vilket resulterade i en ändlös mycket teknisk förkla-
ring som jag varken kunde eller ville följa".

"Sad är lite speciell men fenomenal inom sitt område".

"Det kan jag tro och han anstränger sig verkligen
att förklara allt han gör för mig, det är bara det att
han inte märker när man inte orkar eller kan hänga
med i hans förklaringar och inför hans entusiasm har
jag inte hjärta att avbryta honom".

"Jag kan prata med honom?"

"Nej! Gör inte det, det reder sig".

"Beträffande kvantdatorer är din skepsis välgrun-
dad. Allt mindre utrymme har kunnat visa upp det
nödvändiga övertaget för qubit beräkningar. För att
återgå till din ursprungliga undran så stämmer det
att det är drygt femtio man knutna till oss nu, men
hälften av dem är farmakologer, de är bara intresse-
rade av vår databas för sin forskning kring A2-anemi.

Om man hårdrar det skulle man kunna säga att deras intresse slutar där vårt börjar".

"Jaha! Så det är de som går i taket om jag tar en whisky?"

"Det gör de säkert, men de har ingen talan, om du fått antydningar om avhållsamhet kommer det från Mark och hans folk".

"Antydningar är en skönmålning", svarade jag med ett något missnöjt leende, men lämnade frågan. "Du är kanske förvånad över mina frågor, jag menar, om jag bara läst igenom något av allt det projektmaterial jag på egen begäran fått, hade jag vetat allt detta".

"Inte alls, i själva verket väntar jag mig inte att du överhuvudtaget ska öppna en enda pärm som avhandlar detta projekt, det hade inte jag gjort om jag var i dina kläder... Hur lyckades du hålla dig undan den gången? Från bråket kring *Euthymia,* menar jag. Jag minns att jag försökte nå dig när uppståndelsen var som värst".

"Det gick inte att vara kvar hemma. Jag åkte till Europa, tillbringade nästan ett år i Köpenhamn".

"Kände du den där kufen som lyckades sprida uppfattningen att du i din bok uttalat dig om Guds existens?"

"Överhuvudtaget inte, har aldrig sett honom vare sig innan eller efteråt. Jag har inte ens sett teveinslaget som fick helvetet att braka loss".

"Strax därefter kom det ut en flod av böcker kring temat Gud och vetenskapen".

"Så vitt jag vet var där inget värt att läsa... Jag har inte haft en tanke på den historien sen jag kom hit,

191

det är väl märkligt! Efter det att du först kontaktade mig hade jag vissa funderingar kring huruvida *Euthymia* hade något med ditt val att göra".

"Absolut inte! Jag visste din hållning och när jag läste boken såg jag aldrig någon konflikt mellan de ontologiska spekulationerna du där presenterar och din hållning till vetenskapligt arbete. Det var självklart för mig att du skulle bedöma projektet som det vetenskapliga försök det är. Att det sen kan ge upphov till metafysiska spekulationer är vi ju helt överens om".

"Tror du Mark har läst boken?"

"Han har läst den".

"Tyckte du som jag att Marks motstånd vid vår diskussion var lite märklig?"

"Jag tror att den bottnar i hans tro, han lever nog ett ganska religiöst liv med familjen".

"Jo, så är det. Jag har varit där på middag".

"Koscher?" frågade Huxley med ett leende.

"Ja, men det var mycket gott".

"Som troende har han väl gränser som inte kan överträdas. Kanske kom vår diskussion farligt nära den gränsen. Att acceptera vår hållning, att försöket kan ge upphov till metafysiska frågor eller spekulationer, skulle kanske innebära att han måste träda över gränsen, att han skulle bli tvungen att omvärdera sin trosuppfattning... Jag visste inget om detta när jag värvade honom men ser egentligen inga problem. Gör du?"

"Enligt min uppfattning har du absolut inget att oroa dig för när det gäller Mark, men kanske kan han få problem med tolkningen av resultatet".

"Ibland tror jag att du vet något som vi andra inte vet om utgången av detta?" Bill tittade med nyfiken blick på mig när han sade detta.

"Nej, jag kan försäkra dig att jag inte har några kontakter på andra sidan", skrattade jag. "Det är bara det att hur utfallet än blir tror jag att det kommer att ge upphov till väldiga spekulationer. Men det är kanske bara mina egna erfarenheter som spökar".

Efter ett mycket långt men givande samtal kände jag mig helt utpumpad och blev tvungen att dra mig tillbaka för en stunds vila. Senare på dagen när jag höll på att packa mina saker hittade jag ett underligt föremål i gästrummets garderob. Det var något som liknade en amöba, underligt deformerad i ena änden och ingjuten i ett massivt hartsblock vars kortsida var försedd med en mässingsskylt där namnet "Scotty" inom citattecken var ingraverat. Det gjorde mig så nyfiken att jag blev tvungen att fråga Bill.

"Vad i hela friden är detta?" ropade jag ut till honom.

"Vad?"

"Scotty, amöban!"

"Jaså den", skrattade Bill. "Vi sysslade under några år med partikelöverföring. Det där är teamets avskeds-present till mig när vi skiljdes åt".

"Du menar inte att den här tingesten är ett resul-tat av partikelöverföring?"

"Jo, den blev kronan på verket under våra försök. Idag finns det andra som kommit mycket längre".

"Det hade jag ingen aning om! Men varför Scotty?"

"Har du aldrig sett Star Trek, historiens mest långlivade teveserie?"

"Jo, givetvis".

"I dess barndom fanns där en besättningsman med vid namn Scotty som skötte partikelöverföringen. Har du aldrig hört 'Beam me up Scotty'?"

"Nu förstå jag", skrattade jag samtidigt som Bill kom in i sovrummet.

"Var hittade du den," frågade han.

"I garderoben".

"Jag trodde den försvunnit. Undrar hur den hamnat där, måste vara ett av barnbarnen".

"Brukar de hälsa på?"

"Sällan och under milt tvång, de kan inte förstå varför man måste ödsla så mycket tid och besvär på resan hit när man lika gärna kan träffas i VR".

"Var bor dina barn?"

"Den ene i Seattle och den andre i Austin".

"På äldre dar har jag från och till tänkt på hur det skulle vara att ha barn".

"Barn ska man skaffa när man är ung, senare när man börjat reflektera blir bördan för tung, det är vad jag tror. Charlotte och jag valde medvetet att inte skaffa några barn, men det är klart, då hade vi båda barn sedan tidigare".

"Jag har egentligen aldrig varit i närheten av ett sådant beslut".

"Men du och Sandra, pratade ni aldrig om barn?"

"När det stod klart att vi inte kunde bo ihop var det liksom inte läge för barn... Kan du föreställa dig

Sandra som ensamstående mor?"

"I och för sig, men det tror jag inte hon själv kan", skrattade Bill. "Under alla dina år i Kalifornien, träffade du aldrig någon annan kvinna, jag menar som det kunde blivit något med?"

"Jo, antagligen flera, men jag var nog inte mottaglig — på något sätt inte intresserad. Det kändes som ett passerat stadium i mitt liv... Kanske skulle jag svara ja, jag menar att jag på sitt sätt träffade en sådan kvinna. När Sandra kom ut för att besöka mig i Kalifornien kom på något sätt ett helt nytt förhållande att utvecklas mellan oss, men nu på helt annan grundval. Vi var båda då helt olika personer jämfört med de två unga människor som försökte sig på samboförhållande i Boston trettio år tidigare, i alla fall upplevde jag det så. Trots att det gått så många år sedan vi senast såg varann så tog det inte lång tid för Sandra att förstå och acceptera min förändring. Den roll som hon därefter kom att få i mitt annars ensamma och tillbakadragna liv kom att förhindra en annars hotande destruktiv isolering... Antagligen fick det också effekten att jag inte kände något behov av någon annan i mitt liv".

"Det känner jag igen! Efter Charlotte har det alltid känts inaktuellt på något sätt. *Ett* riktigt kärleksförhållande är kanske vad man klarar av under ett liv". Bill tittade på mig med ett leende.

"Det kan nog ligga något i det. Inte så att man blir förbrukad, eller bränd som en del säger, men kanske kärleken skänker upplevelser som berövar en vissa illusioner, och utan dem blir det svårare att förälska sig

195

på nytt".

"Det låter avskräckande".

"Allt har sitt pris, men om det finns någon upplevelse som jag reservationslöst anser vara värt sitt pris så är det just kärleken".

När vi senare slagit oss ner i vardagsrummet i väntan på bilen som skulle hämta mig, såg jag att Bill placerat amöban på hyllan framför oss.

"Jag hade ingen aning om att du sysslat med partikelöverföring?.

"Det var nog under ditt inflytande, dina försök att beskriva biologiska processer i termer av informationsutbyte."

"Vad kom du fram till?"

"Inte mycket, vi försökte egentligen bara replikera ett redan utfört försök. Det var ett europeiskt team som för första gången lyckats bygga upp en cell på detta sätt".

" Så den där geléklumpen på hyllan består av något överfört?"

"Just det, något överfört, men vad? Något långt ifrån liv, det är väl vår slutsats".

"Men du sa att andra nu kommit längre?"

"Jag har läst några artiklar om det, det är allt jag vet. Och som jag förstod det så rör sig forskningsfältet bort från det organiska till överföring av icke-organiska partiklar".

"Så detta är inget du förknippar med vårt projekts eventuella substansdualistiska frågetecken?"

"Nej, inte alls".

"Det låter på dig som att du inte tror på möjligheten att transformera levande materia i informationform".

"Jag tror att vägen dit är lång. Även om vi lyckats bygga upp amöban till en fysiskt identisk cell skulle det var en amöba? Själv tror jag inte det, snarare en materieklump med ett utseende av en amöba".

"Men är vi då inte tillbaka i substansdualismen, och frågan vad verkligheten består av?"

"Jo, det är klart, men just detta är för avlägset för att kunna komma upp som frågor vid analysen av vårt försök".

Vårt samtal avbröts när bilen som skulle ta mig tillbaka stannade i uppfarten. Bill bar min väska till ytterdörren och vi tog farväl samtidigt som chauffören ringde på dörrklockan.

Under hemfärden nickade jag till flera gånger men återkallades till verkligheten av bilens rörelser. Det var mindre än två timmar sedan jag stigit upp och nu kunde jag knappt hålla mig vaken, det var uppenbarligen inte mycket kvar av mina krafter.

ELVA

Efter veckoslutet som jag tillbringat hemma hos Bill började han dyka upp hos mig dagligen, det var ingenting vi bestämt, det tycktes bara bli så. Detta gav genast upphov till ryktesspridning att jag låg för döden, mest bland de som aldrig kom i kontakt med mig. Det var Sad som berättade det för mig, han fann det hela mycket lustigt, speciellt som Bill, enligt honom, inte hade en aning om skvallret. Men allteftersom dagarna gick och ingenting hände ebbade tydligen spekulationerna ut lika fort som de uppstått.

Till en början tänkte jag inte så mycket på Bills förändrade besöksvanor, jag gladde åt hans besök, han var den ende som kunde få mig att glömma allt annat, om än bara för stunden. Under våra pratstunder bleknade ofta nuet bort, överskuggat av vad som ofta blev, för oss båda tror jag, stimulerande funderingar kring några av alla de fenomen människan inte kan förklara. Men efter någon vecka började jag undra över de dagliga visiterna och spekulerade över möjli-

198

ga anledningar. Efter några dagar tog nyfikenheten, och kanske också en viss oro, över och när han dök upp sent på eftermiddagen frågade jag honom rent ut.

"Dina dagliga visiter, finns det någon orsak till dem jag inte känner till?"

"Nej, absolut inte! Jag trodde det var okej att jag tittade in?"

"Ja för tusan, sluta inte med det, det var inte alls så jag menade, det var bara det att... Ja, jag bara undrar varför".

"Man måste väl inte ha en anledning för att besöka en vän?"

"Äh! Sluta prata strunt, du vet vad jag menar. Varför har du plötsligt börjat komma upp till mig varje dag?" Bill satt tyst en stund innan han tog till orda.

"Jag har drabbats av samvetsbetänkligheter, det är sanningen, så är det. Det började efter att du var hemma hos mig".

"För vad, samvetsbetänkligheter för vad?"

"Att jag drog in dig i detta, det var nog obetänksamt, jag skulle naturligtvis ha valt någon okänd".

"Så nu är det inte bara jag som ångrar min medverkan".

"Nej", svarade Bill med ett uppgivet leende.

"Nu vet jag i alla fall varför — du börjat komma så ofta, menar jag". Det uppstod en stunds tystnad och jag fann för gott att byta samtalsämne:" Sad var här uppe igår och lämnade ännu en av sina häpnadsväckande rapporter".

"Häpnadsväckande?"

"Den kapacitet han förfogar över, att kunna mäta allt som händer i min kropp och samtidigt hinna registrera detta oöverskådliga dataflöde! Men egentligen är det något helt annat jag inte kan förstå och det har ju strängt taget inte med Sad att göra. Hur ska ni någonsin kunna analysera detta material, det är ju ofattbara mängder data?"

"Det kommer att ta lång tid, många år. Vi räknar med att ägna de första två åren bara åt att skapa en schematisk bild över förloppet. Och det är inte bara vi själva som kommer att analysera materialet, flera utomstående grupper kommer redan från början att få tillgång till hela eller delar av det".

"Om jag förstått Sad rätt så mäts och registreras processer ner på en nivå där Heisenbergs obestämdhetsrelation borde komma in, eller åtminstone inte förbigås utan förklaring, och någon sådan har jag inte sett till, eller har jag missat något?"

"Du har i princip rätt i det att Sad:s mätningar påverkas av Heisenberg:s relation. Sad kan verkligen fånga händelser på kvantnivå." Jag hade en fråga på tungan men hann inte öppna munnen innan Bill fortsatte. "Men vi tar ingen hänsyn till detta vid insamlingen av data, vår utgångspunkt har från början varit att fånga in data, att en del av den insamlade datamängden är påverkad av insamlingsförfarandet ser vi som en förutsättning för att överhuvudtaget kunna fånga dessa data. Senare, i analysskedet, kommer vi att försöka ta hänsyn till osäkerheten, i det skedet kan vi sammanföra insamlad data med detaljerad kunskap om Sad:s insamlingsmetoder och ur detta förhoppningsvis få fram korrigerade resultat där vi tagit hänsyn till mätutrustningens inverkan. Det finns två skäl till att vi inte nämner detta i projektbeskrivningen. Det första och viktigaste är att dessa problem ligger utanför vårt nuvarande arbete, hela analysfasen behandlas som ett eget projekt. Det andra skälet är att vi inte kan beskriva analysen, även om vi skulle vilja, än mindre göra någon detaljplanering, då det av lättförståeliga skäl kommer att vara helt beroende av det insamlade materialet. Och, innan du säger något", skyndade han sig att tillägga. Jag svalde den anmärkning jag hade på tungan, samtidigt som jag förundrades över hur väl vi kände varann. "Ja, analysen blir begränsad", fortsatte han, "den ger inte någon objektiv bild av händelseförloppet..., om det nu finns en sådan bild. När det gäller möjligheten för objektiv analys vet du nog mycket mer än någon av oss andra". Det sista lade Bill till med ett leende.

"Eftersom du redan är välbekant med min ståndpunkt om möjligheten till objektivitet har jag ingenting att tillägga", med det skickade jag tillbaka hans leende.

Ljudet från trappan av någon på väg upp avbröt oss. Vi befann oss som vanligt i sovrummet, ingen pratade om det, men alla, inklusive jag själv, visste att jag tillbringade alltmer tid där för varje dag som gick. Det var inte så att jag inte kunde ta mig upp i rullstolen och ut ur sovrummet, men ansträngningen var sådan att jag ofta, övermannad av trötthet, strax fick be Tanya om hjälp att ta mig tillbaka till sängen.

"Se efter vem det är", bad jag med viss irritation i rösten. Bill reste sig och öppnade dörren.

"Det är bara Tanya som ska vattna blommorna".

"Blommorna! Hon är väl en underlig människa. Här har inte funnits några blommor, jag har inte bett om några blommor och så för några dagar sedan kommer hon dragande med en krukväxt som hon placerar vid gavelfönstret där ute".

"Kvinnors vägar äro outgrundliga", skrattade Huxley.

"Men något gott förde den med sig — amaryllisen. Jag upptäckte den fantastiska fönsterbrädan under fönstret".

"På vad sätt fantastisk?"

"Hela det fönstret är ju fantastiskt vackert, med sin valvbåge och sina spröjs, men den snidade brädan nästan ända nere vid golvet, den hade jag inte sett. Ett nästan undangömt och totalt bortglömt konstverk".

"Ditt stora intresse för konsten, jag menar då det konstnärliga uttrycket i vidaste bemärkelse, när fick du det, eller det kanske du alltid haft?"

"Det fick jag hemifrån... Min mor givetvis, som redan tidigt tog mig med på utställningar, film, teater — ja, var det något kulturevenemang i byen så var vi där, men också, om än mer indirekt, från min far som var en utpräglad estet".

"Jag trodde kanske att det hade att göra med dina besök på Cackra".

"Inte mitt intresse för estetik, men däremot blev mitt sätt att se på världen i grunden förändrat efter mina besök på plattformen, men det var inte estetiskt"... Tankfullt tystnade jag för en stund och fortsatte sen: "Mitt rättspatos — antagligen även det ett arv från min mor som var genomsyrad av traditionell anglikansk borgerlighet — fick sig en knäck när jag upptäckte att min far var otrogen. Har jag berättat om det?"

"Nej, det tror jag inte".

"Ah! Det gör detsamma, idag känns det betydelselöst men då, när jag som 15-åring ville skapa rättvisa i världen hamnade jag i bryderi, trodde att jag visste vad som var rätt och fel men drabbades av handlingsförlamning och kunde inte reda ut situationen. Det var nog ur detta bryderi min åstundan att försöka förena människan som biologisk organism med människan som social varelse växte fram. Men efter Cackra

202

kom jag att se på allt detta med andra ögon, min brist på ödmjukhet blev definitivt botad där uppe".

"Jag läste igenom Euthymia i veckan och ännu mer nu än då den kom ut... Det måste vara tjugo år sedan".

"Närmare tjugofem", insköt jag.

"I vilket fall, mitt huvudintryck av boken var detsamma som den gången, men framstod nu ännu tydligare. Du har som ingen annan lyckats klargöra förhållandet mellan epistemologi och ontologi i den boken".

"Det där har nog sin grund i att jag aldrig kunnat välja sida, jag har alltid funnit det svårt att förstå varför det ena måste utesluta det andra. Redan vid Saint John's upplevde jag striderna mellan idealister och realister. Rädslan för den framtida utvecklingen ställdes mot framtidsoptimismen, det blev till en ständig konflikt mellan svårigheter och möjligheter, för mig föreföll dessa motsättningar alltid vara konstruerade.

Jag minns en gång då jag blandade mig i deras diskussioner och hävdade att människan nog gör klokast i att hålla för sant det hon ser och hör, utan att därför hålla det för att vara absolut sant. Det resulterade i att jag fick alla emot mig."

"Men varför tycks det, som verkar så enkelt när du säger det, vara så svårt att hålla aktuellt i medvetandet när vi betraktar världen?"

"Det krävs en oerhörd ansträngning att hela tiden ifrågasätta, att offra det välkända till förmån för det okända, det strider ju mot alla våra biologiska spärrar, att bryta mot dessa riskerar att föda alienation och skapa neuroser. Den som trampar fel här löper allvarlig risk att bli sjuk".

"Ändå tycks du ha klarat dig?" avbröt Bill.

"Tror du det? Ogift, inga barn, levt de sista tjugofem åren i det närmaste isolerad, det har nog inte varit helt gratis att komplicera sitt liv som jag gjort. Men du avbröt mig, var var jag nu... Jo! Relativismens pris. Man måste vara väl förberedd för att lyckas tackla detta. Utan en objektivt sann grund att stå på försvinner ju möjligheten till gemenskap, ett alltför högt pris för de flesta. Verklighetens relativa karaktär mår nog bäst som filosofi. Människan förmår helt enkelt inte att leva på, vad en dansk författare som jag läste som pojke kallade: Platsen som inte finns. Människan behöver nog fast mark under fötterna... Läste du någonsin min avhandling?"

"Nej, men jag tror mig veta att din tes var något som: Det finns ingen ande i maskinen, men det finns heller ingen maskin. Var det inte så?"

"Det där citatet är något jag fått dras med, men det är inget som jag har med där. Jag vet att jag använt liknelsen och när den sen dök upp i en recension av min avhandling blev det som det blev, men jag tycker i och för sig att det är en ganska bra sammanfattning av mina huvudargument. Hela arbetet är ju ett sätt att avvisa dualismen, utan att därför välja sida. Avfärda uppdelningen av världen i res extensa respektive res cogitans till fördel för värden som res emergens".

Återigen uppstod en stunds tystnad innan jag fortsatte. "Euthymia är väl egentligen en lovsång till fysiken, men då under förutsättning att det vi kallar den fysiska världen accepteras endast som en skuggbild och inget annat. Det här sista är mycket viktigt att förstå! Det är därför vi aldrig får tveka att ta hjälp av metafysiken för att bättre klara oss i denna världen".

"När jag nu läste din bok igen kunde jag inte låta bli att fråga mig varför du accepterade att gå med i det här, det är till och med så att om jag läst boken för två år sedan hade jag nog avstått från att fråga dig,

204

bara på grund av den".

"I svaret på den frågan har du relativisten i ett nöt-skal, det finns alltid både *å ena sidan* och *å andra sidan*". Bill tittade fundersamt på mig innan han fortsatte.

"Det är något annat också, något du sade hemma hos mig, som gjort mig fundersam... Jag undrar vad du egentligen tror om projektet? Vad tror du blir resultatet, menar jag".

"För mig blir det ett mycket finalt resultat", svarade jag med ett sarkastiskt leende.

"Måste du göra det jobbigare än det redan är, du vet vad jag menar". Det var tydligt att Bill tog illa vid sig och att samtalet kommit in på frågor som var känsliga för honom. Jag insåg att jag inte till fullo förstått Bills känsloengagemang och upplevde mig nu som om jag trampat i klaveret och visste inte riktigt vad jag skulle svara.

" Du har trots allt en mening om det här, det vet jag", återupptog Bill efter en stunds avvaktande tystnad.

"Jag kommer ihåg att du frågade mig om jag visste något om utgången av detta som ni andra inte kände till, det gör jag givetvis inte. Men jag har en uppfattning, det är sant, och den har jag haft enda sedan jag först läste igenom pappren du sände mig efter vårt första samtal om projektet, det vill säga innan jag hade en aning om att jag själv skulle delta. Och här är vi tillbaka till relativismen, jag tror inte på det här men kan likväl se en anledning för er att genomföra projektet och för mig att delta".

"Det var vad jag misstänkte..." Bill verkade bekymrad och tänkte först säga något men förblev tyst. Efter en stund frågade jag nyfiket:

"Vill du inte veta varför jag inte tror på projektet, skälen till min skepsis?"

"Jo, men det känns jävligt svårt för mig att sitta här och pressa dig till att analysera din egen död, förstår du inte det!" Jag märkte med förvåning att Bill kommit helt ur balans under samtalet.

"Bill, du känner mig tillräckligt väl för att veta att det inte är så lätt att pressa mig till något jag inte vill. Jag uppskattar våra samtal väldigt mycket, de blir till de avbrott från omgivningen och mina egna tankar som jag såväl behöver. Nu hade jag egentligen inte tänkt avslöja vad jag tror om projektet, men när du nu frågar och jag märker att du verkligen vill veta... Hur konstigt det än låter i dina öron så berör det mig inte illa att prata om detta".

"Det verkar faktiskt beröra mig mer. Du får förlåta mig", avbröt Bill med en något frånvarande röst. Jag som nu kände mig varm i kläderna fortsatte utan att låta mig avbrytas.

"Vi var delvis inne på orsaken till min skepsis alldeles nyss när vi berörde möjligheten till objektiv kunskap. Som jag ser det är ni ute efter kunskap om något som jag menar ligger utanför kunskapssfären. Redan när jag läste igenom projektbeskrivningen första gången slogs jag av att ni i alltför hög grad betraktade döden som en sluten process. Här tror jag att ni begår ett grundläggande misstag". Bill reagerade genast på mitt påstående och återföll snabbt i rollen som projektledare och avbröt mig.

"Vad menar du med sluten process, jag förstår inte?"

"Livets upphörande ska ses som en öppen process där det levande i interaktion med omgivningen övergår till det döda. Den kunskap ni hoppas få om detta skeende förutsätter detaljkunskap om alla ingående delprocesser, vilket ni också mycket riktigt påpekar i beskrivningen, men i själva verket mäter ni huvudsakligen de processer som pågår i min kropp och enligt mig räcker det inte långt, ni glömmer bort interaktionen med omgivningen. För att finna svaret ni söker skulle ni behöva kunskap om alla de processer som samverkar i detta mycket komplexa skeende. Det vill säga, inte bara det som händer i min kropp, men också de processer som äger rum i interaktion mellan min kropp och den närmaste omgivningen, en omgivning som i sin tur interagerar med sin omgivning — summa summarum: För att erhålla det svar ni söker måste ni i princip registrera hela universums förändring i varje ögonblick och det klara inte ens Sad och hans kolossala maskinpark". Jag tystnade med ett nöjt smil på läpparna.

"Det var som fan! Ja, det är klart, så blir det ju i din värld där allt hänger samman, jag behövde inte fråga, allt står ju att läsa i Euthymia... I ett universum som är som en tunn väv av strävan löper maskorna lätt iväg".

"Det var en bra liknelse, synd att jag inte kom på den själv".

"Men menar du verkligen att de data vi registrerar saknar värde?"

"Nej då, inte alls, det svarar nog till viss del på frågan vad som händer när en människa dör, men det kan inte ligga som underlag för en allmängiltig och detaljerad beskrivning av skillnaden mellan liv och död och därmed inte heller svara på frågan vad det innebär att något lever".

"Kanske kan vi säga något om den biologiska delen?"

"Inte till fullo. Det skulle förutsätta ett gränssnitt mellan fysik och biologi som jag inte tror finns".

"Vad tror du kommer att hända, jag menar under själva registreringsprocessen?"

"Inget oväntat, ni samlar in era data. Det är sen, när ni ska analysera dessa data som det dyker upp oförklarligheter och det är då som Mark och hans likasinnade får problem. Då börjar spekulationerna och kyrkan ser sin chans att återta förlorad terräng".

"Det var det du var inne på när Mark var här".

"Precis, och han verkade helt oförstående". Vi satt båda tysta en lång stund.

"Du är trots allt en mycket religiös människa", konstaterade Bill.

"Det har jag aldrig försökt att direkt förneka, det är väl tanken på en personlig Gud jag har haft så svårt för".

"Men om du nu kan tänka dig en högre ordning, gör det dig inte till agnostiker snarare än ateist?"

"Jag har alltid försökt att undvika dessa beskrivningar. De är konstruktioner av monoteister att användas som varningsskylt".

"Men du har trots allt skoningslöst angripit och tagit avstånd från kristendomen, ja, från alla de abrahamitiska trossystemen".

"De håller sig med samma Gud, en Gud som jag inte kan tro på. För övrigt har mycket av min kritik varit riktad mot kyrkan mer än tron. Vet du förresten att kristendomens ursprungliga uppsåt var att *Vara av Gud i* världen", det vill säga förkunna utan att blanda sig i det världsliga, en vacker tanke, men givetvis omöjlig, inte ens buddhisterna har klarat av det".

"Nu envisas jag kanske, men med din syn på världen, varför då så säkert ta avstånd från gudstanken? Vore det inte i alla fall rationellt att följa Pascal och ta det säkra före det osäkra, eller i alla fall lämna en dörr öppen?"

"Pascal har rört ihop det, eller varit illa påläst. Den kristna tron erhålls som nådegåva, om man inte har tron hjälper det föga att satsa på Gud *om i fall att*, endast en cynisk Gud skulle acceptera en sådan anhängare. Du ska veta att det funnits tillfällen i mitt liv då jag velat be av hela mitt hjärta men inte kunnat, utan tron finns inte bönen som möjlighet".

"När jag hör dej förstår jag hur långt från en religiös övertygelse jag själv står. Detta med bönen... När Charlotte tynade bort framför mina ögon hade jag aldrig en tanke på att be, jag gick i terapi och åt piller".

"Materialistens surrogat. Jag kan trösta dig med att jag själv gjort detsamma. På den punkten som så många andra är vi nog mer lika än du får det att låta... Det är inte mellan tvivlarna du ska söka skillnader, det är mellan tron och tvivlet som klyftan öppnas". Jag kom på att jag tidigare förklarat skillnader som varande konstruktioner och tillade med ett skratt: "Ett av undantagen som bekräftar min regel att skillnaderna är chimära... Vet du när jag först insåg vilken avgrund som öppnar sig när tvivlet väl fått fotfäste? Det var på en motorcykeltävling!

Clifford, en studiekamrat från Cambridge, motorfantast – det var för övrigt från honom jag fick mitt intresse för motorcyklar — tog mig med på ett veteranrace på Silverstone. Allt det där är väldigt engelskt, europeiskt, det är inget ni amerikaner kan förstå. Men, i alla fall, jag följde med, det var första gången i mitt liv jag var på en motortävling. Det blev till en omtumlande och hektisk upplevelse med överraskande efterverkningar, då jag natten efter låg sömnlös och funderade på vad jag sett. Dessa amatörtävlingar tycktes mig vara livsfarliga tillställningar där deltagarna agerade som dödsföraktande galningar, men jag visste samtidigt att detta inte var sant, bland annat därför att Clifford själv deltog och han är en av de klipskaste och mest rationella människor jag mött, men även andra deltagare jag mötte där föreföll och gav prov på stort ansvarskännande.

Så småningom under den natten, det var inte förrän det började ljusna ute, gick det upp för mig vad som var skillnaden mellan dem och mig. De föreföll alla uppleva att de hade full kontroll över vad de gjorde, medan riskerna för mig framstod som uppenbara, de besatt en känsla av säkerhet som var mig helt främmande. Nu vill jag inte påstå att alla som tävlar tror på Gud. Det jag vill ha sagt är att tron på Gud skänker en existentiell säkerhet som är oförenlig med tvivlet och det var där, den helgen på Silverstone, som jag för första gången blev varse denna klyfta. Och med den insikten stängdes också alla öppna dörrar för mig, i fråga om tron på Gud gäller allt eller inget". Ett historiskt exempel på tvivlets makt är för mig Fjodor Dostojevskij. Hans unika författarskap är en enda lång rad av exempel på vad gudsförnekelse leder till, detta samtidigt som han själv under hela sitt liv plågades av tvivel avseende Guds existens.

"Och nu tror du att en förhärdad ateist som jag ska få tvivlarna in på den smala vägen genom att tvingas presentera fakta som spelar kyrkan i händerna?" Bill tittade undrande på mig.

"Risken är uppenbar".

Bill reste sig för att gå.

"Det här samtalet har satt myror i huvudet på mig. Jag kom hit och avslöjade mina tvivel angående valet av dig som deltagare i allt detta, nu går jag härifrån med fördubblade tvivel, inte bara på din medver-kan men även på grunderna för hela projektet".

"Du har ju lovat att detta skulle bli ditt sista projekt, låt det då bli något utöver det vanliga", skrattade jag.

"Något utöver det vanliga! Snacka om under-statement". Bill tog ett hjärtligt avsked och jag kände mig både rofylld och uppfylld när jag blev ensam. Jag var nöjd, det hade blivit ett bra samtal, sådana hade jag förvisso haft många med Bill under åren, men detta var speciellt då jag kände på mig att det nog var det sista.

TOLV

E fter den märkbara försämring som inträtt sedan jag flyttade hit från Kalifornien har tröttheten visserligen fortsatt att tillta hela tiden, men det har varit i en jämn och förutsebar takt, enda tills för två dagar sedan då jag vaknade på morgonen och fann mig oförmögen att komma upp ur sängen utan hjälp. Sedan dess har det gått utför i accelererande tempo.

Denna snabba försämring är i hög grad psykiskt nedbrytande och jag lever nu i ett tillstånd av häftig ångest som hittills trotsat alla försök till kontemplation eller avkoppling. Jag har i desperation gång på gång försökt avleda tankarna men finner mig bara ha hamnat i en än värre hopplöshet, då jag tycks helt oförmögen att tänka på någonting annat än min nuvarande situation. En stress som denna har jag inte känt sedan jag satt i bilen på väg hit från flygplatsen. Det enda sättet att nu fly det outhärdliga är en ständig dos bensodiazepin, under dess inverkan hamnar jag i ett tillstånd av förslöat relativt lugn som dock bara verkar för stunden. Det krävs ett ständigt — ökande är jag rädd för — tillskott av benso för att tillfredsställa behovet. Det är sålunda i ett tillstånd mellan slöhet och sömn jag befunnit mig stora delar av de senaste dygnen, så även nu då jag ligger i sängen efter att just ha tagit två piller och börjar känna hur spänningen släpper.

*

Hur kan denna kvinna fortfarande ha en så stark inverkan på mig? Visserligen har vårt förhållande varat i nu mer än fyrtio år, vilket måste vara något av ett rekord för två människor som redan under första året tillsammans förstod att de aldrig skulle kunna bo ihop. Men det var den där intensiva närheten oss emellan, den hade funnits där från början och den försvann aldrig, den överlevde allt, inte bara den katastrofala perioden i Boston men också långa tider med mycket sporadisk kontakt då Sandra bott i Afrika. Närheten och den ömsesidiga förståelsen för varann — allt hade alltid varit så självklart oss emellan — var väl de band som fortsatt att hålla ihop vårt förhållande och som omärkligt kom att ersätta den ursprungliga förälskelsen med en kärlek som fördjupats alltmer genom åren. Ja, allt detta är sant, men ändå... Från det till att reagera som en nyförälskad? Som jag gjort där i bilen, det stämde liksom inte riktigt, tyckte jag.

Alla dessa år... Hon hade alltid svarat på breven — pliktskyldigt? Nej, det var inte sant, det visste jag. Det var hon som kom till mig. En dag bara stod hon där

213

när jag öppnade dörren, klädd i något silkigt som hon köpt i Kina, en klänning som fick mig att associera till både österländsk andebesvärjelse och dekadans "Hej!" Hennes röst blev till en signal. Sandra! Varför har hon kommit hit, vad vill hon? Varför har hon inte berättat att hon skulle komma? Jag greps av panik och betedde mig som en idiot hela dagen, vilket — det märkte jag tydligt— fick henne att känna sig oönskad, antagligen tro att det hela var ett misstag, vilket det kanske var, som det förvisso blev, men som jag önskat av hela mitt hjärta att det inte skulle bli. Varför sade jag aldrig rent ut till henne hur mycket jag älskade henne? Om jag verkade förryckt då så berodde det på kärleken till henne, varför kunde jag aldrig säga det, eller ens någonsin förmå mig skriva och berätta det för henne, nej aldrig! Och nu, ja, nu var det för sent.

Men det var ju ändå omöjligt, en omöjlig dröm som jag genomskådat långt innan hon den gången dök upp i Kalifornien. Men ändå, hon hade kommit till mig, hon var där för att ge det en chans, varför tog jag den inte? Vad hade jag att förlora..., det kommer jag aldrig att få reda på. Jag vet att hon vet att jag är i Boston och att det har med min sjukdom att göra, men hon vet inget om projektet eller mitt deltagande i det, inte heller hur långt min sjukdom framskridit. Inför allt detta har jag nu dåligt samvete, jag borde tagit kontakt och berättat långt tidigare men visste hela tiden att jag inte skulle göra det, att jag inte förmådde göra det. Nu skulle hon få veta allt först efteråt, av någon annan, det känns för jävligt att tänka på! Om det nu istället varit hon som fått A2? Tanken får obehaget att stegras till det outhärdliga och snabbt tvingar jag mig att släppa alla tankar på Sandra, bara för att finna mig vara tillbaka i nuet och vakenhetens ångest.

*

Nu känner jag mig bara helt matt och fruktansvärt trött men samtidigt oförmögen att varva ner.

Jag hade lyckats lura hela världen genom min bok. Tänk, dessa unga forskare som Bill berättat om, de såg upp till mig! Om de bara vetat de verkliga bevekelse grunderna till varför jag övergav karriären och flydde till ensamheten, alla historier om kontemplativ ensamhet var ju inget annat än lögn. De få harmoniska ögonblick jag haft under den senare delen av mitt liv var undantagen som blott förtydligade den tröstlösa regeln under denna, livets andra dag. När framtidstron slocknat målas världsbilden i nya färger, i den bilden finns inte mycket ljus. Nu återstår egentligen bara att trampa på i den snitslade banan, något som inte är så lätt då depressionen hela tiden hotar med kvävning.

Jag har slagit Jung med bred marginal, hans individuationsprocess tog sjuttio år, min var i det närmaste fullbordad när jag lämnade Boston den gången och det var innan femtio. Jag var femtio när jag lämnade Washington och därefter var det egentligen bara att gilla läget, vilket visade sig svårare än jag trott. Det var misslyckandet med kärleken, omöjligheten att leva vare sig utan henne eller med henne, som förvandlat mig och fått mig att omvärdera allt det som

215

tidigare varit mitt liv.

Men varför skulle de som läste boken inte tro mig, jag hade ju intalat mig själv om riktigheten i de motiv jag angav för mitt avhopp? Nu fick jag bittert erfara att självbedrägeriet står i omvänd proportion till smärtan, i ljuset av mitt självbedrägeri drev dimmorna bort och framtvingade ett klargörande, ett klargörande så ångestskapande att alla rester av självbedrägeri förintades och nära på krossade mig. I det ögonblicket visste jag mig ha levt mitt liv, att i viss mening redan vara död, det som var kvar kunde liknas vid en spasm, något rent fysiskt som måste få sin tid. Perioden innan sjukdomen blev till en otålig väntan på den ofrånkomliga och till en början efterlängtade stiltjen.

Att börja skriva Euthymia var således rent terapeutiskt, däri låg det sanna motivet, det var drivkraften bakom arbetet, flykten från verklighetens hopplöshet. Men om detta var jag helt omedveten när jag började skriva. Då levde jag fortfarande väl inbäddad i de rationaliseringar som fått mig att lämna karriären bakom mig — tanken på ensamheten och kontemplationen som utväg ur det ohållbara och in i något nytt..., utvecklande.

Boken började som ett försök till sammanfattning av det jag tidigare publicerat, men växte snabbt ut till ett försök att utifrån en analys av tillvaron beskriva världen ur ett mer holistiskt perspektiv. Ett försök att placera in människan som en del i en oändligt mycket större helhet, en helhet genomsyrad av strävan. Jag fann mig snart mitt uppe i ett försök att ersätta beskrivningen av människan som biologisk varelse med en beskrivning i termer av information, att lyfta in biosfären i semiosfären, en beskrivning där den urgamla dualistiska synen inte hade någon mening, men ersattes av ett tillstånd där natur och kultur flätades samman.

Det var i Euthymia jag för första gången öppet vågade ställa frågan om det trots allt kan finnas något bortom detta vi i dagligt tal kallar världen, när vi egentligen avser vårt fysiska universum. Kan det finnas något icke-materiellt, något utanför detta fysiska, som driver vår värld i en eller annan riktning? Eller var det rentav så att verklighetens minsta beståndsdelar, var så konfigurerade att de innehöll en strävan. Måhända bara mot överlevnad, men likväl. Väl medveten om frågans laddning försökte jag också vara mycket tydlig med att förklara varför frågan om verklighetens beskaffenhet är helt oberoende av frågan om Guds existens. Det misslyckades jag tydligen totalt med, att döma av den enorma strid som bröt ut mellan idealister och materialister så snart boken kommit ut. En bok som till slut kom att bli en blandning mellan självbiografi och teoretisk sammanställning, med mina upplevelser i rymden som bas.

I striden om tolkningen av Euthymia och av mina förmodade åsikter tillskrevs jag redan från början uppfattningar som jag själv aldrig skulle drömma om att förfäkta. När så debatten nådde media började min vardag förvandlas till en kakafoni av människor som ringde för att få träffa mig, intervjua mig eller citera mig. Ja, det förekom till och med att det dök upp figurer runt mitt hus och fotografer nere på stranden. Det hela blev outhärdligt. Jag packade och åkte till Köpenhamn, hyrde en liten våning där jag kom att bli kvar nästan ett helt år. Jag fann det rogivande att återupptäcka barndomens omgivningar och träffa några av de få vänner jag lyckades spåra upp. Under denna period visste nästan ingen i USA var jag fanns. För att slippa bli avslöjad var jag överhuvudtaget ytterst försiktig med att låta någon få reda på något om mig som kunde röja min vistelseort.

När jag så småningom återvände hem tilltog de symptom på onormal trötthet och yrsel som jag först börjat att känna av i Köpenhamn men där inte velat få närmare utrett i rädsla att avslöja var jag befann mig. Så fort jag kom hem kontaktade jag min lokala läkare och genomgick en undersökning redan samma vecka. När jag fick reda på att mina symptom passade in på de krav som fanns för att rapportera in resultatet till NASA, började jag ana ugglor i mossen. Några veckor senare blev jag kallad till en undersökning vid ett sjukhus i Los Angeles och där blev mina farhågor besannade, jag hade drabbats av A2 anemi.

Månaderna efter beskedet blev till en fasansfull tid där dödsskräcken fick kreativiteten att koagulera, och det för gott, skulle det visa sig. I ett läge där mitt liv sedan länge saknat både hopp och mening blev ironiskt nog A2 anemin till en förlösare. Dödsbeskedet hade en sådan styrka att det kunde förminska det tidigare allt överskuggande misslyckandet med kärle-

218

ken och därmed livet.

Det var då jag uppfann tvådagarsliknelsen som visade sig fungera och ha flera förtjänster. Livet som en tvådagars upplevelse, där den andra dagen börjar först då man vaknar upp och är *ett* med sin dödlighet och för första gången ser på livet med öppna ögon. Liknelsen visade sig också ha andra fördelar. Den blev ofrånkomligen till en ständig påminnelse om livets korthet i kosmisk skala — där livet snarast borde beskrivas i bråkdelar av sekunder — samtidigt som den lyckades sätta alla efemära problem på plats och mer generellt relativisera samtiden. Jag känner mig lika förundrad nu som då av att en så enkel kognitiv saltomortal kan fungera.

Efter att dittills ha sökt svaret på världens gåta hade som genom ett trollslag..., nej, metamorfos är en bättre beskrivning, världen förvandlats till en plats där frågorna saknade svar. Gåtorna visade sig inte vara några gåtor, svaren på dessa stod att finna i missuppfattningar och en tro på vetandet svårt drabbad av hybris. Det jag tidigare letat efter stod nu klart för mig. Men varför i hela friden gick jag då in i detta projekt? För en människa som kommit att tvivla på epistemologin som möjlig, tedde sig ju allt detta, i vilket jag nu var centrum, som smått vettlöst. Jo, därför att jag så förtvivlat önskade att jag hade fel! Ingen människa kan leva utan hopp, det måste finnas hopp! Hopp om något slags mening. Det är det som är skillnaden mellan dem och mig! De vet medan jag försöker hoppas, de känner tillförsikt när jag känner skräckens gläfsande.

Nu ligger jag här med alla utvägar blockerade, lämnande fältet fritt för ångestens härjningar. Inför denna ständigt stegrande skräck försöker jag intala mig att bryta det negativa tankeflödet. Det närmaste avkoppling jag kan komma är att bara ligga med slutna ögon och försöka att inte tänka på någonting...

*

Det var mina egna tillkortakommanden jag försökte dölja bakom dessa romantiska fantasier kring Sandra, istället för att se sanningen i vitögat och erkänna min dödsångest — den paniska rädsla som funnits där hela tiden sedan den dag jag fick beskedet att jag var sjuk. Det där uppträdandet i bilen, till exempel, var ju inget annat än ett desperat försvar när jag, bokstavligen på väg till min egen dödsbädd, kände hotet komma jagande som en svulten vargflock. Då gällde det att slå tillbaka, att försvara sig. I brist på andra vapen hade jag i ögonblicket tillgripit minnet av Sandra. Javisst, det var så det var! Nu insåg jag det, plötsligt förstod jag alltihop! Med ens stod mitt förhållande till Sandra alldeles klart. Jag älskade henne inte längre! Hur hade detta kunnat undgå mig ända tills nu? Jag älskade henne inte och det hade jag inte gjort på länge, så var det.

"A2 anemi, påverkar den ens förmåga att älska?" ropade jag rätt ut. Den kvinnliga läkaren hajade till inför den oväntade och häftiga frågan och det tog en stund innan hon svarade.

"Det får man räkna med... Har ni problem med

det?" tillade hon med tydligt frågande uttryck.

"Jag ville bara veta."

"Det finns ju potensmedicin man kan skriva ut?"

"Ni missuppfattar totalt, jag talar om kärlek inte knulla!" snäste jag av henne.

"För det har jag tyvärr inte mycket att erbjuda", förklarade hon med avmätt stämma. Jag märkte hur hon ryggade tillbaka inför mitt språk och häftighet, men jag brydde mig inte, det här var viktigt, jag måste få klarhet här — hur det förhöll sig... Men vem var den här läkaren egentligen? Jag visste att jag sett henne förr, men aldrig här.

*

Jag avbryts i mina funderingar av att Tanya justerar upp sängen till halvliggande. Det tog ett ögonblick innan jag förstod att jag måste ha slumrat till och drömt. Vilken underlig dröm.., eller var det ingen dröm? Men den där läkaren..., jodå, jag har drömt, men dröm eller ej, kanske är det så det förhåller sig? Jag anstränger mig intensivt för att samla tankarna men finner det omöjligt, allt är så fragmentariskt. Tanya kommer fram och trycker pillerburken i min högerhand. Det var en tyst överenskommelse oss emellan att jag själv skulle föra burken till munnen och stjälpa in pillren medan jag lät Tanya hjälpa till med vattenglaset, detta sedan jag två gånger i rad lyckats spilla ut innehållet i sängen. Då är det redan kväll, tänker jag och förstår att jag måste ha sovit ganska länge. Dag och natt har börjat flyta ihop för mig, förutom

221

ljuset genom fönstret så är det pillerdoseringen som anger tiden, tre stycken på morgonen och fem på kvällen. Trots alla sedativ tar det denna kväll ovanligt lång tid för mig att somna. Den där drömmen lämnar mig ingen ro och det är inte bara innehållet, det är något annat också som stör, men jag kan inte komma på vad.

*

Åter var hon är där för att undersöka mig, den där kvinnliga läkaren, var har jag sett henne förut?

"Varför gör vi denna undersökning," frågar jag med tillskapat neutral röst.

"Utan friskintyg får ni inte deltaga i tävlingarna". Först nu upptäcker jag att vi befinner oss på Silverstone. Tydligen ska jag själv delta i tävlingarna, tänker jag överraskat. Konstigt att läkaren talar tyska? Tyskland! Nu vet jag vem hon är! Det är ju den där kvinnan som skötte hälsokontrollen vid EAC i Köln. Det var hon som så öppet flörtat med mig, men som jag avvisat, det måste vara därför hon nu uppträder så överdrivet korrekt och formellt mot mig. Men EAC och Silverstone? Inför denna röra i tid och rum förstår jag att jag drömmer. Nu kommer Clifford fram med nya nummerskyltar och förklarar att de måste bytas på den motorcykel som jag skall använda i tävlingen.

"Varför kan jag inte använda de som redan finns," frågar jag.

"Som nybörjare måste du köra med röda skyltar", får jag till svar.

*

Jaha, röda, hinner jag tänka innan jag klarvaket konstaterar: Jag drömmer i svartvitt! Det är därför jag kände mig störd av drömmen igår, tänk att jag inte märkte det förrän nu! Detta har såvitt jag kan komma ihåg aldrig hänt mig förr, en förändring som jag heller aldrig hört talas om. Kan det finnas en fysiologisk förklaring? Ska fråga Bill, hinner jag tänka innan jag återfaller i en drömlös orolig slummer.

Som vanligt är Tanya där när jag vaknar. Jag hör henne framför mig, alltid aktiv, och när jag slår upp ögonen och ser henne slås jag av hur vacker hon är. Jag följer henne med blicken när hon justerar upp sängen, rättar till kudden och önskar mig en god morgon, jag svarar inte, försöker inte ens, bara ligger där och ger mig hän åt att bli ompysslad av en ung vacker kvinna. Det tar en stund innan jag förvånat märker att ångesten är borta, som bortblåst! Allteftersom dagen framskrider blir jag uppmärksam på att något förändrats, det är inte bara ångesten som släppt, nej, det är som om hela min värdeskala genomgått en förändring den natten. När jag nu konfronterar min stolthet eller mitt behov av oberoende, ja, till och med inför kärleken — när jag tänker på Sandra, eller någon annan kvinna i mitt liv, eller tittar på Tanya — åtföljs detta av en helt ny reaktion, allt det som tidigare ofta och så lätt förorsakat känslostormar är nu reducerat till..., ja, förefaller rentav betydelselöst. Det känns mycket märkligt, fortfarande har livet överraskningar i beredskap, tänker jag helt lugn men mycket förundrad.

Jag har ingen aning om hur länge jag legat så här

223

eller om det är dag eller natt men oron har nu åter fått övertaget och jag kan inte slappna av och somna men förmår heller inte ta mig upp till fullt medvetande. Jag hör människor i rummet, antagligen Tanya, hon är här hela tiden, ställer frågor och pysslar om mig. Nu hör jag Marks röst, eller är det Bill? Jag blandar ihop, har svårt att komma ihåg, men vad gör det, det enda man hör från dem allihop är ändå bara samma saker om och om igen. "Hur känner du dig?" "Är det något du behöver?" "Låt oss veta om det är något". Jag har beslutat mig för att ignorerade dem, detta har lett till spekulationer dem emellan huruvida jag kan höra dem eller inte, spekulationer som jag intresselöst lyssnar till. Men viljan att blanda mig i tar med ens fart när jag hör Mark berätta för Tanya att han frågat Bill om det inte vore lika bra att flytta ner mig redan nu, då jag antagligen inte längre kunde märka någon skillnad.

"Nej! ropar jag genast. Jag kommer ihåg salen där nere från den enda gång jag varit där, dit ner vill jag inte! Men min röst var inte vad den varit för ingen reagerar på mitt utrop. Jo, nu hör jag Tanya.

"Hur är det Mousa?" Jag blir så förvånad att jag håller på att glömma vad jag vill säga, det är första gången jag hör henne kalla mig vid förnamn, det känns härligt!

"Nej", upprepar jag.

"Nej? Vad är det du inte vill? Jag vill inte flyttas ner! tänker jag men får inte fram ett ord, det är som om min kropp fått eget liv, varken tungan eller stämbanden bryr sig om vad jag vill, de förblir overksamma. Långt om länge och med yttersta ansträngning lyckas jag pressa fram:

"Flytta".

"Du vill inte bli flyttad?" Jag får fram ett instämmande mmm. Engagerat blandar sig Mark i.

"Naturligtvis inte Mousa, det bestämmer du, det var jag som missbedömde". Trots alla dina mätdata har du inte den blekaste aning om hur medveten jag är! tänker jag och känner mig mycket nöjd med den tanken.

Detta är i och för sig inget uppseendeväckande, medvetandet är ju fortfarande ett mysterium, likväl känner jag mig överrumplad, tänk att även i detta sista skede av mitt liv då kroppen och sinnena börjat ge upp är mitt medvetande kristallklart! Det skulle vara intressant att höra vad Bill har att säga om detta.

Det är inte av illvilja jag ignorerar omgivningen, det är snarare i brist på intresse. Detta är något jag upptäckt de senaste dagarna i samband med den nu snabbt tilltagande orkeslösheten. Den för mig så välkända desillusionerade grundstämningen är borta, kvar finns bara en absolut känsla av livet som betydelselöst, jag känner mig förvisso mer övertygad än någonsin om livet som en obetvinglig negativ upplevelse, det är bara det att jag nu plötsligt inser att det egentligen saknar betydelse. Det som alltid kunnat sägas har med ens blivit en realitet för mig: Med evigheten som bakgrund har nu livets mening förbleknat.

*

225

Jag kan inte förstå varför rummet måste lysas upp av en stroboskoplampa, det är ytterst irriterande att behöva uppleva omgivningen som en serie snabba stillbilder, dessutom varierar bilderna hela tiden... Men rummet kan ju inte ändras i den takten, är det kanske en tv-skärm jag tittar på? Belåtet märker jag hur blinkandet gradvis mattas ner och att jag nu åter befinner mig i den så välbekanta tid och platslösa världen som betyder att jag drömmer.

Jag befinner mig på botten av en grop som sakta rör sig. Nej! Nu ser jag, det är Stilla havet och jag befinner mig i en vågdal. Det är bara det att vattenytan är klädd med mosaik, mosaik mönstrad i något som påminner om islamsk ornamentik, förstummad betraktar jag hur detta mönster mycket sakta böljar fram runtomkring mig. Plötsligt hör jag Bill ropa: "Flyg upp! Flyg! För Guds skull försök flyga, Mousa!" jag hör honom tydligt och tittar åt alla håll men kan inte se honom. Jag förstår att dessa mosaikvågor, när de bryter över mig, skall krossa mig, men det bekymrar mig inte det minsta. Var det kanske därför Bill ropade så förtvivlat... Flyg? Hur då flyg? Vad menade han egentligen, jag förstår ingenting. Dessutom är detta något av det vackraste jag någonsin upplevt och inget skulle kunna få mig härifrån. Nu märker jag att vågorna rör sig i harmoni med musiken... Musiken! Den hade varit där hela tiden utan att jag tänkt på det. Det är en kort återkommande melodislinga, efter ett ögonblicks lyssnande känner jag igen den, det är triosonaten ur Bachs *Musikalisches Opfer.*

Jag blir väckt av ett väldigt sorl. Mycket irriterad över att ha tvingats upp ur denna behagliga dröm märker jag att sorlet kommer från rummet där jag ligger, det tycks nu vara fullt med folk. Konstigt nog kan jag tydligt höra dem alla, mycket tydligt — hur de pratar, även om mig, men som om jag inte var där. I sorlet av röster kan jag urskilja både Bills lite släpiga lugna och Marks spända korthuggna. Det känns helt naturligt och inte så lite tillfredsställande att med den osynlige åskådarens hela lugn och säkerhet kunna följa händelserna. Men alltefersom kan jag urskilja alltfler röster som nu dessutom börjar vända sig direkt till mig.

"Du borde inte isolera dig där ute i öknen!" Det är ju Sandra! Omsorgsfullt förmanande, som vanligt.

"Han har alltid varit en ensling", föll min mor in, "jag försökte få honom intresserad av både sport och musik när han var barn, men det gick inte. Han kunde tillbringa timmar stirrande ut genom fönstret." Men hur kan min mor vara här, hon lever ju inte?

"Håll dig borta från kvinnorna, Mousa, de vill bara pacificera dig." Det är Clifford! Jag känner genast igen honom trots att det är så många år sedan vi senast träffades, det är nog ljudet av Jaguaren..., men hur kan jag höra den här inne? Ja, hur kan jag höra alla dessa människor och alla ljuden: bilen, och Köpenhamns rådhusklockor när de slår tolv! Vågornas kluckande under bryggan..., mycket märkligt men helt fantastiskt.

*

227

Plötsligt bryts stämningen och kvar är bara sorlet av alla människorna i rummet där jag ligger, ett sorl som nu bytt karaktär och blivit hetsigt. Jag hör Sad:s röst men den låter som om den kom från en högtalare, han pratar mycket fort och högt, nästan skriker. Det är omöjligt att uppfatta vad han säger i den kakofoni som nu råder i rummet men jag förstår att något är fel. "Nå Bill, vad var det jag sa", jag kunde inte dölja min tillfredsställelse. Nu hör jag Bills röst helt nära mig. Han ropar mitt namn.

"Han kan inte höra dig, inte nu längre, det är nästan över", det är Marks röst.

"Men han log!" insisterar Bill upprört.

"Nej, du inbillar dig, jag såg inget".

"Jag kunde svära på att han log!"

SLUT